Sophie De Renneville

Conversations d'une petite fille avec sa poupée, suivies de l'histoire de la poupée

Table des matières

INTRODUCTION.

MONSIEUR et madame Belmont avoient une petite fille de cinq ans, appelée *Mimi* ; elle étoit blanche comme du lait, et douce comme un petit agneau. Mimi ne désobéissoit jamais à sa maman. Pour ne point faire de bruit, elle prenoit sa poupée, s'asseyoit dans un coin de la chambre, et causoit avec elle. Mimi faisoit la maman. *Zozo,* c'est ainsi qu'elle nommoit sa poupée, était sa fille.

La petite maman répondoit pour Zozo, comme on peut le croire. Si la poupée répondoit bien, elle étoit récompensé ; si elle répondoit mal, elle étoit punie.

Dans ces conversations, Mimi répétoit exactement tout ce que lui disoit sa mère, qui s'en amusoit, et prenoit quelquefois part à ce léger badinage, sans que Mimi en fût plus déconcertée. Mimi prenoit aussi un grand plaisir à faire la petite maîtresse : Zozo étoit examinée le matin, après dîner, quand madame Belmont rentroit, en revenant de la promenade, et le soir avant de se coucher.

PREMIÈRE CONVERSATION.

MIMI est habillée ; elle a déjeuné, et se prépare à faire la toilette de sa fille, Mimi questionne ainsi sa poupée :

Zozo, avez-vous pleuré quand on vous a débarbouillée ? – Non, maman. – Avez-vous lavé vos mains ? – Oui, maman. – Avez-vous fait votre prière ? – Oui, maman. – C'est le bon Dieu, ma fille, qui vous a donné votre papa et votre maman ; c'est lui qui tous les jours vous donne de quoi vous nourrir et vous habiller : il faut bien l'aimer ! Avez-vous souhaité le bonjour à papa et à maman ? – Oui, maman. – Bien, ma fille ; je suis contente de vous. Jeannette, apportez la belle robe de crêpe rose de Zozo, celle qui est garnie de fleurs ; mais comme elle est déchirée !... C'est vous, Zozo, qui avez fait cela ? – Maman, je ne le ferai plus ! – Mademoiselle, pour votre pénitence, vous mangerez votre pain sec... Il est bien temps de pleurer ! – Ma petite maman, je ne déchirerai plus ma robe ; jamais, jamais !... c'est un arbre du Luxembourg qui m'a accrochée. – Comment, Zozo, je ne voyais pas, vraiment ! cette robe est toute tachée !... Fi ! que c'est laid d'être malpropre !... Mademoiselle, vous mettrez aujourd'hui votre robe sale. Allez, je ne veux plus vous voir ! (elle la conduit dans un coin.) Tournez-vous du côté du mur, et restez là. Oh ! la laide ! oui, pleurez à présent. – Ce sont les confitures qui ont taché ma robe. – Vous raisonnez, je crois ! Si ce sont les confitures, vous n'en aurez plus. Vous pleurez, encore plus fort ! ah ! mademoiselle, vous êtes gourmande ! je suis bien aise de le savoir ! du pain sec, c'est ce qu'il faut aux gourmands. Allons, venez lire. Si vous dites bien votre leçon, je vous pardonnerai. Voyons, dites vos lettres.

ZOZO.

a, b, c, d, e, f, g, h, i, j, k, 1, m, n, o, p, q, r, s, t, u, v, x, y, z, etc.

MIMI.
Bien. Épelez à présent.

ZOZO.
ba, be, bi, bo, bu.

MIMI.
On ne dit pas *bé,* mais *be.*

ZOZO.
ca, ce, ci, co, cu.

MIMI.
C'est, très mal, ça. On dit ka, ce, ci, ko, ku ; entendez-vous, mademoiselle, et souvenez-vous-en.

ZOZO.
da, de, di, do, du.

MIMI.
Toujours la même faute ! On ne dit pas *dé* mais *de.* Faites-y donc attention !

ZOZO.
fa, fe, fi, fo, fu.

MIMI.
Vous êtes incorrigible, *Zozo. Dites fe* et non pas *fé.*
Mais en voilà assez. Comptez jusqu'à vingt.

ZOZO.

Un, deux, trois, quatre, cinq, six, sept, huit, neuf, dix, onze, douze, treize, quatorze, quinze, seize, dix-sept, dix-huit, dix-neuf, vingt.

MIMI.
Combien y a-t-il de voyelles ?

ZOZO.
Cinq : a, e, i, o, u.

MIMI.
Et de consonnes ?

ZOZO.
Dix-neuf : b, c, d, f, g, h, j, k, l, m, n, p, q, r, s, t, v, x, z.

MIMI.
Bien, ma fille, je suis contente de toi ; viens embrasser ta maman !

Si tu savois, Zozo, comme tu es gentille quand tu es sage, tu ne te ferois jamais gronder ! et puis tu mangerois toujours de bonnes choses ; je te donnerois de beaux chiffons pour récompenses, tu serois caressée de tout le monde ! Est-ce que tu n'aimes pas les bonbons et les joujoux ? – Pardonnez-moi, maman. – Eh bien ! Zozo, il faut être bien sage, et tu en auras.

Mimi et Zozo étaient fort bien ensemble, lorsque madame Belmont appela sa fille pour l'envoyer promener avec sa *bonne*, Mimi courut à sa maman, et par sa précipitation, renversa sa poupée, qui entraîna avec elle la boîte aux joujoux. Jeannette n'étant pas encore prête, Mimi revint auprès de Zozo, qu'elle trouva étendue par terre, le nez sur le parquet, et les chiffons éparpillés autour d'elle. Elle releva sa poupée, et lui demanda, en colère, qui avoit renversé ses chiffons ? – Ce n'est pas moi, maman. – Vous mentez, Zozo ! personne n'est entré ici. Vous aurez voulu voir les fleurs d'or qui sont dans ma boîte. Il ne faut jamais mentir, mademoiselle ; c'est fort mal ! vous allez avoir le fouet ! Jeannette, apportez-moi les verges. — Je ne le ferai plus, maman (elle pleure). Mimi, après l'avoir fouettée : Ah ! ah ! je vous apprendrai à mentir ! fi ! rien n'est si vilain que cela ! Mimi en étoit là de sa réprimande, quand madame Belmont l'appela de nouveau. Après avoir rangé ses chiffons, la petite s'en alla avec Jeannette. Elle voulut bien pardonner à Zozo, et l'emmena avec elle.

Quand elles furent au Luxembourg, Mimi raconta à sa bonne les grands sujets de mécontentement que *Zozo* lui avoit donnés. Jeannette, qui avoit horreur du mensonge, lui raconta l'histoire suivante :

Le petit Menteur.

Il y avoit une fois un laboureur, nommé Jacques, qui étoit resté veuf avec trois enfans, Charles, âgé de six ans, Firmin, âgé de cinq ans, et Jean, âgé de quatre ans. Ces trois petits garçons n'étoient point méchans ; mais Charles étoit gourmand, Firmin menteur, et Jean désobéissant ; ce qui donnoit beaucoup de chagrin à leur père.

Jacques avoit dans son jardin un arbre qui donnoit des poires très-grosses et très-belles : « Je ne suis pas assez riche, dit cet homme, pour mettre d'aussi beau fruit sur ma table ; il faut que je les vende. Avec cet argent, j'achèterai une veste à Charles, des bas à Firmin, et à Jean des souliers pour les dimanches car j'espère bien avoir 12 fr. de mes poires ! »

Jacques, voulant aller travailler, recommanda à ses enfans de se bien conduire, pendant que Marguerite, leur grand'mère, feroit le ménage ; et surtout, de ne point toucher aux poires du bel arbre ; « car, vois-tu, mon fils, dit-il à Charles, si tu en manageois, tu n'aurois pas une belle veste neuve, ni tes frères des bas et des souliers ! » Charles promit de ne point toucher aux belles poires, et son père le quitta.

Ces trois petits garçons se trouvant seuls dans le jardin, parce que la mère Marguerite étoit restée dans la maison à faire le ménage, Charles le gourmand dit à ses frères : « Voyons donc ces belles poires que notre père veut vendre pour m'acheter une veste, et à vous des bas et des souliers » ; et tous les trois allèrent auprès de l'arbre. Charles, en voyant les poires, en eut envie : « J'en mangerois bien une, dit-il ; elles doivent être bien sucrées ! et toi, Firmin ? – Oh ! non, papa l'a défendu ! – Bah ! une seulement ; il n'y paroîtra pas du tout ! et toi, Jean ? – Papa l'a défendu ! – Que tu es bête ! mange toujours ; il n'en saura rien ! » Et voilà Charles qui grimpe sur l'arbre, et cueille trois poires, une pour Firmin, une pour Jean, et une pour lui.

Jacques, qui se doutoit que Charles le gourmand feroit désobéir ses frères, n'avoit pas été aux champs ; il s'étoit caché dans un coin du côté du bel arbre ; il entendit la conversation de ses enfans, et leur vit manger ses poires. Voulant les éprouver, il les laissa s'éloigner, et fut cette fois tout de bon à la charrue.

À l'heure du dîner, le laboureur revint à sa maison :

« Je veux, dit-il à ses enfans, cueillir les poires du bel arbre, pour les aller vendre demain au marché. » Les trois enfans se regardèrent. « Charles, continua le père, va me chercher le panier qui est dans la salle basse. » Charles ayant apporté le panier, le laboureur monta à l'échelle, et cueillit ses belles poires. Quand il eut fini, il les compta, et dit à ses enfans :

« Quelqu'un a mangé de mes poires ; il en manque trois. Qu'est-ce qui est venu dans le jardin ? – Personne que la mère Marguerite ; répondit Firmin. – Ce n'est pas la mère Marguerite, dit le laboureur ; elle n'avoit point d'échelle, et l'arbre est trop haut pour qu'elle puisse cueillir les fruits. Je crois, moi, que c'est vous tous. » Aussitôt les enfans se mirent à pleurer.

« Charles, dit Jacques à son fils aîné, parle vrai ; en as-tu mangé ? – Oui, mon papa, répondit Charles, en fondant en larmes ! – Puisque tu as été gourmand, reprit Jacques, tu n'auras point de veste ; mais comme tu as dit la vérité, tu ne seras point puni. Et toi, Firmin, as-tu aussi mangé une poire ?

– Non, mon papa. – Comment ! Charles a mangé tout seul trois grosses poires sans vous en donner ? – Oui, mon papa. – Qu'en dis-tu, Charles ? » Charles baissa les yeux et ne répondit pas.

« Et toi, Jean ? – Papa, j'en ai mangé une aussi » ; et, ce petit pleura bien fort ! « Je te l'avois cependant défendu ! – Je ne serai plus jamais désobéissant, mon papa. – À la bonne heure !... Il n'y a donc que Firmin qui ait craint de me déplaire... Cependant, il faut que je sache quel est celui de vous qui a mangé deux poires : combien as-tu mangé de poires, Charles ? – Je n'en ai mangé qu'une, mon papa. – Et toi, Jean ? – Qu'une aussi, papa. – Il m'en manque trois ! qui donc a mangé la troisième ? ah ! c'est peut-être la mère Marguerite !... Ne dites rien, je vais bien l'attraper ! Faisons l'épreuve du coq. »

Aussitôt Charles fut chercher son coq favori. Jacques le prit, s'éloigna un moment, et revint tenant le coq dans ses bras. Il fit ranger sa petite famille sur une ligne, la mère Marguerite à la tête ; et il appela chacun à son tour pour passer la main sur le dos du coq. « Je verrai, dit-il, quel est le coupable car il ne l'aura pas plutôt touché que le coq chantera. » La mère Marguerite, Charles et Jean qui ne craignoient rien, passèrent la main sur le dos du coq ; pour Firmin, il eut tant de peur de l'entendre chanter, qu'il n'y toucha pas. « Voyons vos mains, demanda Jacques ? » Tous présentèrent leurs mains. « C'est Firmin, dit-il, qui a mangé la poire ; il s'est vendu lui-même : vous voyez que sa main est blanche, et que celles des autres sont noires ; parce que j'avois noirci le dos du coq : Firmin se sentant coupable n'a pas osé y toucher ! c'est ainsi qu'on prend les menteurs !... » Firmin, confondu, se mit à pleurer. « Je n'ai pas pitié de tes larmes, lui dit son père ; ce n'est pas assez d'être gourmand et désobéissant, tu es encore menteur ! fi ! cela est affreux ! » Et aussitôt Jacques dit à la mère Marguerite de donner le fouet à Firmin.

Ce même jour, comme le laboureur se reposoit après son travail, entouré de ses trois enfans, il fut abordé par un monsieur bien mis, qui le pria de lui donner un peu de cidre pour le rafraîchir. Jacques alla lui en chercher, et le lui donna de bonne grâce. « Je vous remercie, lui dit l'étranger : j'avois chaud ; vous m'avez rendu service, et je voudrois faire quelque chose pour vous. À qui sont ces beaux enfans ? – C'est à moi, monsieur. – Je les trouve charmans, dit le seigneur ; car s'en étoit un. Hélas ! ils me rappellent mon fils ! il étoit de l'âge de votre aîné, lorsque le bon Dieu le retira du monde. C'étoit un enfant si doux ! jamais il n'avoit désobéi ! il n'étoit ni gourmand, ni menteur ; il ne pleuroit que lorsqu'il me voyoit malade ! J'ai conservé tous ses joujoux, et j'ai fait le serment de ne les donner qu'à un enfant, qui comme lui ne seroit ni gourmand, ni menteur, ni désobéissant. Je voudrais bien qu'un des vôtres méritât ces jolies choses ; j'aime déjà ces petits à cause de vous. Sans doute vous en êtes bien content ? » Le laboureur secoua la tête, et le monsieur soupira ! « Vous me faites de la peine, dit-il à Jacques ; car je vois que vos enfans ne sont pas sages. Faisons un accommodement ; si, pendant trois mois, vos enfans ne sont ni gourmands, ni menteurs, ni désobéissans, ils auront les joujoux de mon fils, et je leur donnerai à chacun un habit neuf. Cet arrangement vous plaît-il ? » Le laboureur répondit comme il le devoit à tant de bontés ; et le seigneur ajouta : « Pour donner à vos enfans le désir de se bien conduire, amenez-les à mon château, je leur ferai voir les belles choses que je leur destine. »

Le lendemain, Jacques ne manqua pas de mener ses enfans au château du seigneur. Ils furent éblouis de la beauté et de la richesse des appartemens : l'or et l'argent y brilloient de toutes parts ! On les fit passer dans une pièce plus belle que les autres. On y voyoit une table couverte d'un grand voile de gaze d'or. Le seigneur leva le voile, et les enfans virent avec surprise de beaux carrosses, des chevaux, des cabriolets, des polichinels, des poupards, des ménages d'argent, et mille autres belles choses qu'ils n'avoient jamais vues de leur vie. Puis des bonbons, des confitures sèches, du sucre d'orge, et toute sorte de friandises ; car le petit monsieur n'avoit garde de manger tout ce qu'on lui donnoit, tant on l'accabloit de bonbons, de pastilles, de diablotins, etc. etc. Il falloit voir les yeux que faisoient Charles, Firmin, et surtout le petit Jean ! Oh ! si on lui eût donné seulement un bâton de sucre d'orge ! mais il n'y avoit pas moyen ! » Tout cela vous appartiendra dans trois mois, leur dit le maître du château, si vous n'êtes ni gourmands, ni menteurs, ni désobéissans. » Il les fit bien régaler et les renvoya.

De retour au hameau, les trois enfans croyoient voir encore devant leurs yeux toutes les richesses du jeune seigneur ; ils ne pouvoient penser à autre chose. Cependant leur père ne leur recommanda point d'être sages ; il avoit promis de ne rien leur dire pendant l'espace de temps convenu.

Il y avoit déjà deux mois et demi de passés, et les fils de Jacques s'étoient bien conduits, quand le seigneur l'engagea à venir le voir avec ses enfans. Ceux-ci, tout joyeux, ne manquèrent pas de visiter les beaux joujoux du petit monsieur. Firmin ayant aperçu, près de lui, une boîte pleine de bonbons, se laissa tenter, et la mit dans sa poche sans que personne le vît.

Les trois mois expirés, le laboureur fit mettre à ses enfans leurs plus beaux habits, et se rendit au château. Le seigneur les attendoit. « Venez, mes petits amis, leur dit-il, recevoir le prix de votre sagesse ; mais auparavant, il faut que je sache ce qu'est devenue une boîte qui manque ici ; et il leur montra une note exacte de tout ce qui étoit sur la table. Firmin rougit prodigieusement, et son père le regarda d'un œil courroucé.

— Ne cherchez point, monseigneur, dit-il au maître du château, voici le voleur ! en montrant Firmin. Celui-ci nia effrontément !... Son père fouilla dans sa poche, et y trouva la boîte ; mais elle étoit vide ! — Ah ! c'est trop fort, dit le seigneur, menteur et voleur !... Je vous plains, bon Jacques, d'avoir un fils qui annonce de si mauvaises inclinations ! ne l'amenez jamais ici ; je hais les gourmands ; mais je crains les menteurs et les voleurs ! ensuite s'adressant à Charles et à Jean : Quant à vous, mes petits enfans, qui avez fait des efforts pour vous corriger, je vous donne tout ce qui est sur cette table ; vous serez habillés de neuf, et, désormais, je prendroi soin de votre fortune. Vous, Jacques, je vous fais mon fermier : soyez toujours honnête homme. Jacques, Charles et Jean s'en retournèrent tout joyeux à leur maison. Firmin, chassé du château comme un mauvais sujet, n'osa plus sortir de chez son père ; car aussitôt qu'il paroissoit dans le village, les autres enfans le montrant au doigt, disoient : Voici Firmin, le voleur du château ! et tous couroient sur lui en criant : Au voleur ! au voleur !... Il resta longtemps enfermé, menant une vie bien triste ! mais aussi il l'avoit mérité ! pourquoi étoit-il menteur et voleur ?

L'histoire de Jeannette avoit duré autant que la promenade. À son retour, Mimi causa avec sa poupée ; elle parla des enfans du laboureur : As-tu entendu, Zozo, ce qu'a dit ma bonne ? ce monsieur Firmin le voleur !... oh ! que c'est vilain de voler, et puis encore de mentir !... si cela t'arrive jamais, tu ne seras plus ma petite fille ! Mais à propos, pourquoi donc restois-tu toujours derrière ma bonne ? cela n'est pas bien ! il falloit te prendre par la main pour te faire avancer ; et puis tu as eu de l'humeur, après l'histoire, parce que tu ne voulois pas encore revenir à la maison, et Jeannette s'est fâchée ! Si tu recommences encore, tu seras en pénitence, je t'en avertis. La paix étant faite entre Mimi et Zozo, on vint chercher Mimi pour l'habiller, parce que madame Belmont allait dîner en ville, et l'emmenoit avec elle.

* * * * *

SECONDE CONVERSATION.

LA dame chez laquelle madame Belmont dînoit ce jour-là, aimoit Mimi à la folie ; elle voulut l'avoir auprès d'elle à table, et lui donna mille friandises. Mimi avoit beaucoup mangé quand on servit un plat de gâteaux qui lui plaisaient fort. Sa mère, qui ne la perdoit pas de vue, lui défendit par signes d'en manger. Mimi fit semblant de ne point s'en apercevoir, et mangea des gâteaux au point d'en être incommodée. Madame Belmont se hâta de rentrer chez elle, déshabilla sa fille, et lui fit prendre du thé. On se doute bien qu'elle la gronda. Mimi, se trouvant mieux, courut prendre sa poupée. Pendant que sa mère lisoit, elle eut avec Zozo la conversation suivante :

Venez ici, mademoiselle, que je vous délasse. Jeannette, faites du thé pour cette petite gourmande, qui étouffe pour avoir mangé des gâteaux, malgré la défense de sa maman. Fi ! que cela est vilain ! une grande fille de votre âge ! vous devriez être honteuse !... vous aviez pourtant mangé des macaronis, du biscuit, du raisin, des amandes, des poires ! Fi ! que c'est laid d'être gourmande, et désobéissante à sa maman ! Je suis sûre que vous avez mangé votre viande sans pain ! – Non, maman ! – Mais vous avez demandé du poulet, et cela n'est pas bien ! une petite fille ne demande jamais rien ; elle attend que sa maman lui donne. Et puis, il faut que je vous gronde ; vous avez bu sans avoir vidé votre bouche ; vous avez répondu à madame B... ayant aussi la bouche pleine, et c'est mal ; on ne l'emplit pas tant, et on la vide tout à fait pour boire et pour répondre quand quelqu'un vous adresse la parole.

En sortant de table, vous avez fait du bruit ; vous avez parlé aussi haut que les grandes personnes ; vous avez disputé avec les filles de madame B..., ce qui n'est pas poli du tout ; vous leur avez arraché les joujoux, des mains. Et mais, vos mains, les avez-vous lavées ? je suis sûre que non ! Voyez comme votre robe est sale ! et vous voulez que je vous mène dîner en ville ! ah ! mademoiselle, il faut être plus raisonnable, et surtout retenir ce que dit votre maman. Vous êtes une étourdie, je le sais ; vingt fois je vous ai dit combien il est déplacé de faire telle ou telle chose, et vous n'en faites qu'à votre tête.

Je vais à ce sujet vous raconter comment il en a coûté la vie aux petits d'une biche, pour avoir négligé de suivre les avis de leur mère. Écoutez bien :

La Biche blanche.

Il y avoit une fois une biche, qui avoit trois petits enfans ; elle voulut leur aller chercher à manger, mais avant de sortir elle leur dit : « Mes enfans, n'ouvrez point qu'on ne vous montre patte blanche, et faites-y bien attention, afin de ne point vous laisser tromper, entendez-vous ? Ses enfans le lui promirent, et la biche alla leur chercher à manger. Cependant, compère le loup étoit derrière la porte. Aussitôt que la biche fut partie, il vint frapper en contrefaisant sa voix : Pan, pan ! « Ouvrez, je suis votre mère ! – Montrez-nous patte blanche, lui dirent les petits. » Compère le loup fut bien attrapé, car sa patte étoit grise !... mais le malin, l'ayant entortillée d'un linge, revint à la porte : Pan, pan ! « Ouvrez, je suis la biche votre maman ! – Montrez patte blanche. » Aussitôt le compère glissa, sous la porte, sa patte enveloppée de chiffons, et les petits ouvrirent étourdiment, sans s'assurer si c'étoit bien la patte de biche blanche. Qu'arriva-t-il ? compère le loup les croqua tous ! Voilà ce que c'est ! Si ces petits eussent regardé de très-près, ils auroient vu que compère le loup avoit enveloppé sa patte ; ils n'auroient point été mangés, et la biche les auroit retrouvés à son retour.

Si vous faisiez aussi attention à ce que je vous dis sans cesse, ma fille, vous ne seriez pas grondée souvent comme vous l'êtes. Allons, je vous pardonne pour cette fois ; venez m'embrasser. Tiens, Zozo, vois-tu ce beau livre, ce sont *les Soirées de l'Enfance* ; regarde les jolies gravures. En voici une bien belle, c'est le petit Fabien qui donne tout son argent pour avoir des livres afin de s'instruire.

Voilà une jeune personne qui, voyant sa sœur en danger de périr dans un canal où elle étoit tombée, se jette après elle pour la sauver. Ici, c'est un jeune homme qui vient donner des secours à une pauvre veuve qui, après avoir essuyé bien des malheurs, alloit être dépouillée du peu qui lui restoit.

Madame Belmont venoit d'achever sa lecture, elle interrompit sa fille : Viens ici, Mimi, apporte ta poupée, et assieds-toi. Tu as conté tout à l'heure une histoire à Zozo, veux-tu que je t'en conte une à mon tour ? – Oh ! oui, ma petite maman, je vous en prie ! – Écoute donc :

Histoire de la petite Fille désobéissante.

Il y avoit une fois une petite fille qui s'appeloit Lili ; elle étoit bien gentille, mais elle désobéissoit toujours à sa maman ! Ce vilain défaut lui attiroit bien des chagrins ! Si sa maman cousoit, Lili prenoit ses ciseaux, malgré sa défense, et se coupoit les doigts ; ou bien, elle ouvroit son étui, et renversoit ses aiguilles. Tantôt c'étoit la pelote, dont elle tiroit les épingles en s'amusant, tantôt le fil qui lui servoit à jouer. Une autre fois Lili renversoit le tabac de sa maman, en touchant à sa boîte ou déchiroit un livre qu'il falloit payer ; ses robes étoient tachées d'encre, parce qu'elle vouloit écrire, quoique sa maman le lui eût défendu. Plusieurs fois Lili s'étoit brûlée en jouant avec le feu, et cela ne l'en avoit pas corrigée.

Cette petite avoit renversé sur elle de la sauce, du bouillon, du lait, en grimpant pour regarder dans un plat ou dans une soupière ; elle s'étoit jetée par terre cinq à six fois, d'où on l'avoit relevée avec une grosse bosse au front, et, cependant, Lili recommençoit toujours à toucher à tout. On la distinguoit de ses frères et sœurs, en lui donnant le vilain nom de *désobéissante*. Qui a fait cela, demandoit-on ? – C'est la désobéissante ; qui a dit cela ? c'est la désobéissante. À cinq ans, Lili étoit encore la même. La seule différence qu'il y eût, c'est qu'elle commençoit à sentir que ce nom-là n'étoit pas beau du tout ! Quand on l'appeloit ainsi, Lili montroit de l'humeur ; elle boudoit ses petites amies. Sa maman les laissoit faire, parce que Lili n'avoit pas changé de caractère.

Un jour la maman de Lili dit à sa *bonne,* nommée Victoire, de mener promener sa fille. Le temps étoit superbe, et les jours fort longs. Victoire alla dans les champs avec la petite Lili. Quand elles furent auprès d'une belle pièce de blé, Lili demanda à sa *bonne* la permission de cueillir des bluets : Je le veux bien, répondit Victoire ; mais vous êtes si désobéissante, vous entrerez dans le blé, vous vous perdrez, et puis, que diroi-je à votre maman ? – Oh ! non, ma *bonne,* je t'assure ! j'iroi tout au bord, je te verroi toujours, et tu me verras aussi, je te le promets ! Songez, mademoiselle Lili, que les blés sont remplis de petites bêtes qui vous feront du mal ! et puis, si le garde vous voit, vous serez mise en prison ! dame ! c'est votre affaire ! – Oh ! tu verras, ma *bonne,* je n'irai pas plus loin que cela ; et Lili montroit un espace de huit à dix pas.

Ayant obtenu ce qu'elle désirait tant, la petite Lili se mit à courir pour choisir de beaux bluets, et sa *bonne* s'assit sur l'herbe avec son tricot. Lili vit d'abord une grande quantité de fleurs qui toutes lui plaisoient ; elle en cueillit, puis les jeta pour d'autres plus belles, et toujours en choisissant, Lili s'éloigna, et perdit sa bonne de vue. Victoire, occupée à son tricot, ne s'aperçut pas d'abord que l'enfant n'étoit plus auprès d'elle, et quand elle voulut l'appeler, Lili ne pouvoit plus l'entendre.

La petite fille se perdit si bien dans ces blés plus hauts qu'elle, qu'il lui fut impossible de retrouver son chemin. Elle appela Victoire de toutes ses forces ; mais Victoire ne l'entendit point ! alors Lili se mit à pleurer ! il étoit bien temps ! Si elle eût été obéissante, elle ne se seroit pas exposée à avoir du chagrin ; mais suivons-la, nous allons lui voir bien d'autres sujets d'alarmes.

Cependant Victoire tourna tout autour de la pièce de blé pour trouver Lili ; elle l'appela de toutes ses forces, mais cette pièce étoit si grande, que sa voix se perdoit dans les airs. N'ayant trouvé personne qui pût lui donner des nouvelles de Lili, la pauvre bonne, bien affligée, retourna à la maison pour dire à sa maîtresse que sa petite fille étoit perdue ! Quand la maman sut comment la chose s'étoit passée, elle dit à la *bonne :* Je ne m'étonne pas que Lili se soit perdue comme vous le dites, elle est si désobéissante !... on va la mettre en prison, j'en suis sûre ; mais elle n'aura que ce qu'elle mérite !...

Pendant que Victoire rendoit compte à la maman, Lili se tourmentoit pour sortir de la pièce de blé. Elle alloit à droite, elle alloit à gauche, et ne voyoit point comment elle pourroit en sortir ; elle avoit jeté les belles fleurs dont sa robe étoit remplie, et pleuroit à chaudes larmes !...

En marchant au hasard, Lili rencontra un nid d'oiseaux, et le heurta avec son pied, ce qui lui fit d'autant plus de peur que, dans le moment même, le père et la mère s'envolèrent, et lui touchèrent le nez avec leurs ailes ; Lili fit un cri si perçant, qu'elle fit lever une douzaine d'alouettes qui couvoient leurs œufs tout auprès. Un peu plus loin, la petite mit le pied sur un gros crapeau, ce qui l'effraya si fort, qu'elle fut sur le point de se trouver mal.

Indépendamment de ces frayeurs passagères, Lili étoit tourmentée d'une manière cruelle : les cousins lui piquoient les bras, la figure et la poitrine ; car, pour être plus leste, Lili avoit ôté son chapeau, son schall et ses gants ; les araignées grimpoient à ses jambes, et lui faisoient des ampoules grosses comme le petit doigt. La pauvre petite étoit martyrisée, et pour comble de malheur, la nuit approchoit ! Mais, que devint-elle en apercevant une grosse couleuvre qui leva sa tête en sifflant, parce que Lili venoit de marcher sur le bout de sa queue ! À cette vue, la malheureuse enfant se croyant morte, perdit tout à fait connoissance, et tomba par terre. La couleuvre ne lui fit cependant aucun mal ; d'ailleurs, ce reptile est sans venin.

Cet accident arriva à Lili au bord de la pièce de blé, dont la petite se croyoit encore bien loin ! Le garde, qui par hasard se trouvoit là, ayant entendu du bruit, et ne sachant ce que ce pouvoit être, imagina qu'un animal sorti du bois voisin s'étoit caché dans cet endroit ; il dirigea son fusil de ce côté, et déjà couchoit en joue la malheureuse enfant, quand heureusement il aperçut les pieds et les jupons de la petite Lili. Il jeta son fusil à terre, et s'approcha d'elle.

L'ayant fait revenir, le garde lui demanda son nom ? « Je m'appelle *Lili,* monsieur, répondit la petite tout effrayée ! – Et votre papa, comment le nomme-t-on ? – M. de Rosambur. Or, ce M. de Rosambur habitoit la ville, et il étoit connu de tout le monde. » Le garde fit encore plusieurs questions à Lili, auxquelles elle répondit de son mieux.

Pendant que Lili et le garde causoient ensemble, ils furent aperçus par Victoire, qui revenoit chercher la petite. La *bonne* avoit sa leçon faite ; elle fit un signe au garde, et se cacha de Lili. Celui-ci dit à Lili de l'attendre un moment ; il alla trouver Victoire, qui lui dicta la conduite qu'il avoit à suivre avec la désobéissante Lili.

Le garde étant de retour auprès de la petite fille, lui dit :

« Mademoiselle, vous allez aller coucher en prison ! Vous y resterez deux jours, parce que vous avez été trouvée dans le blé, et votre papa paiera le dégât que vous y avez fait. Si vous êtes prise une seconde fois, vous aurez huit jours de prison au pain et à l'eau, c'est la règle. » Lili voulut demander grâce ; déjà elle joignoit ses deux petites mains, et mettoit un genou en terre : « Évitez-vous cette peine, mademoiselle, lui dit le garde, toutes vos prières seroient inutiles : je suis les ordres de mes supérieurs. Nous autres, nous ne sommes pas désobéissans !... Venez, venez, lui dit-il, avec une voix de tonnerre qui fit trembler la pauvre Lili de tous ses membres ; vous n'en mourrez pas !... » Lili voulut résister ; mais le garde la prit sous son bras, et l'emporta comme une mouche ! La nuit étoit alors tout à fait noire.

Le garde marcha longtemps ; ensuite il s'arrêta au détour d'une rue fort étroite, et posa la petite à terre : « J'ai pitié de vous, lui dit-il, car vous êtes bien jeune ! Je vais vous bander les yeux, pour que vous ne voyiez point les voleurs qui sont dans les salles où nous allons passer. Ces gens-là ont des figures si affreuses, qu'ils vous feroient mourir de peur !... » Le garde paraissant un peu radouci, Lili se laissa bander les yeux, en poussant de gros soupirs ! Cet homme la prit encore dans ses bras, et marcha plus d'une demi-heure ; enfin, il arriva à une grille, qui s'ouvrit avec un grand fracas. Le portier, muni d'un trousseau de clefs qui faisoient beaucoup de bruit, les conduisit à une porte qu'il referma derrière eux en tirant d'énormes verrous ; il fit de même à une seconde, puis à une troisième porte. Arrivé à la quatrième, le garde se baissa bien bas pour y entrer : « Grâce à Dieu, dit-il, nous y voilà. Pauvre petite, que je vous plains !... Vous avez été désobéissante, mais aussi vous êtes punie bien sévèrement !... » Alors, il lui ôta son bandeau. Lili pleuroit si fort, qu'elle put à peine voir les objets qui l'environnoient. « Cette chambre n'est pas belle, lui dit le garde ; mais vous y trouverez au moins les choses nécessaires, parce que c'est la première fois que vous êtes prise dans les blés ; la seconde fois, si cela vous arrive, vous serez moins bien, je vous en avertis. Ma femme va venir, ajouta-t-il ; elle vous donnera à souper, et vous couchera. Vous ne ferez pas bonne chère ; car nous ne sommes pas riches ! » Après avoir achevé ces mots, le garde sortit, et sa femme entra presque aussitôt ; mais, quelle femme ! c'étoit un colosse, et, laide, laide à faire trembler ! Elle avoit de la barbe comme un homme, et des yeux rouges qui faisoient peur !... Lili n'osoit pas la regarder !... Cette femme lui donna un peu de pain et de fromage, puis ensuite un verre d'eau rougie. Après que Lili eut soupé, la femme du garde la coucha sans proférer une seule parole.

Lili pleura beaucoup sans doute, mais enfin elle s'endormit. Le lendemain, la vilaine femme vint la lever ; elle lui fit prendre un peu de lait chaud, mais en marmottant quelque chose entre ses dents, comme si elle lui eût donné à contrecœur !

Lili resta seule jusqu'au dîner, s'ennuyant à mourir ; alors elle regretta le petit livre qui lui servoit à apprendre à lire ; car, disoit-elle, ce livre est ennuyeux, mais il vaut encore mieux que rien !

Lili s'assit donc bien tristement sur son lit jusqu'à trois heures, que la femme du garde lui apporta de la soupe et du bouilli. Cette fois-ci, elle lui adressa la parole : « Vous amusez-vous bien, mademoiselle ? – Non, madame. – Si vous saviez lire, travailler, je vous donnerois des livres, de l'ouvrage ; mais, vous ne savez rien ! – Je commence à lire couramment, et maman me fait faire des ourlets et des surjets. – Nous allons voir ça. » Là-dessus, cette femme sortit. Bientôt après elle rentra, tenant un petit livre, et deux mouchoirs à ourler, du fil, un dé, une aiguille. « Tenez, mademoiselle, voilà tout ce que je puis faire pour vous ; » puis elle laissa encore Lili jusqu'à huit heures du soir. Quand elle revint, les deux mouchoirs étoient faits, et cousus très-proprement. « Ah ! ah ! dit la femme en les regardant, il n'est tel que de tenir les petites filles un peu ferme ! C'est bien ! je suis contente !... et, pour vous le prouver, vous ne coucherez pas ici ce soir... » À l'instant, on entendit ouvrir une porte que Lili n'avoit pas aperçue ; et, à sa grande surprise, elle vit entrer son papa et sa maman !... Qui pourroit dépeindre ses transports à cette vue tant désirée !...

Lili, fondant en larmes, courut se précipiter dans leurs bras ! – Serez-vous encore désobéissante, ma fille, lui dit sa maman ? – Oh ! jamais, jamais, maman ! mais vous aviez donc abandonné votre Lili !... – Non, ma fille ; je vous aimois encore malgré vos défauts, parce que j'espérois vous voir un jour plus raisonnable. Pour vous prouver jusqu'où va ma tendresse pour vous, je vous dirai que nous avons donné de l'argent, pour vous empêcher d'aller en prison, et que vous avez été amenée chez nous. Lili regarda sa mère avec la plus grande surprise. – Vous avez peine à me croire, ma bonne amie, ajouta madame de Rosambur ; venez avec moi. Aussitôt cette dame ouvrit la porte par où elle étoit entrée, et Lili reconnut parfaitement sa maison. On lui avoit mis un bandeau pour l'y amener, afin qu'elle ne s'aperçût pas qu'elle rentroit chez sa mère. Les grosses portes par où elle avoit passé n'étoient qu'un jeu, pour lui faire croire qu'elle étoit en prison. La chambre où on l'avoit mise, étant une pièce inutile, Lili ne la connoissoit point. C'est ainsi que madame de Rosambur chercha à corriger sa fille, tout en veillant sur elle, en mère tendre et raisonnable.

Lili embrassa mille fois son papa et sa maman, pour les remercier de leur extrême bonté ; elle promit de ne plus jamais leur désobéir, et on assure qu'elle a tenu parole.

* * * * *

TROISIÈME CONVERSATION.

MADAME Belmont mena un jour Mimi avec elle pour faire des visites. La petite se conduisit assez bien ; mais sa maman remarqua qu'elle répondoit toujours *oui, non,* tout court. Rentrée à la maison, elle lui en fit des réprimandes. Mimi pleura un peu, puis enfin elle sécha ses larmes ; et, selon son habitude, elle prit sa poupée, pour répéter avec elle tout ce qu'elle avoit fait de bien dans ses visites, et la gronder pour les choses auxquelles elle avoit manqué.

Venez ici, Zozo ; j'ai bien des choses à vous dire. Vous avez bien fait, et mal fait. Savez-vous en quoi ? – Non-maman. – Eh bien ! je vais vous l'apprendre. Quand nous sommes entrées chez madame *L.,* vous avez fait la révérence ; c'est bien. Vous avez répondu comme une belle fille, lorsque cette dame vous a souhaité le bonjour ; vous avez eu soin de vous moucher souvent ; vous avez été sage tout le temps que votre maman a été chez madame *L.,* vous avez remercié poliment quand cette dame vous a donné des bonbons. Tout cela est bien ; mais avez-vous vu les grands yeux de maman, quand vous avez demandé à boire ? – J'avois bien soif ! Il falloit attendre, ou le dire à maman bien bas, bien bas ; et puis, lorsque madame *L.* vous a voulu donner des confitures, vous avez dit à maman que vous aviez faim, par gourmandise, n'est-ce pas ? Vous n'osez pas répondre ! vous vous êtes tenue fort mal ; cependant maman vous a frappée deux fois sur le cou !

J'ai encore une chose à vous dire, Zozo ; quand on éternue, on met toujours son mouchoir ou ses mains devant sa figure, et vous ne l'avez pas fait ; aussi maman vous a regardée d'un air fâché ; vous avez bâillé, parce que la visite de maman étoit trop longue, et c'est fort mal ; c'est impoli ; maman vous l'a dit cent fois ; on ne bâille pas ; on ne demande pas à s'en aller, comme vous avez fait. Vous mériteriez d'être en pénitence pour cela ; vous n'êtes pas polie du tout ;... vous savez que je vous ai déjà grondée pour la même chose. Quand on vous parle, vous répondez *oui, non,* tout court ; c'est fort mal ; on doit toujours dire : *Oui, monsieur ; non, madame.*

Je vais, en vous déshabillant, vous conter une histoire qui vous fera connoître combien il est dangereux de désobéir sans cesse à ses parens. Écoutez-moi bien :

La petite Fanny.

Il y avoit une fois une petite fille, appelée Fanny, qui répondoit toujours, *oui, non,* tout court. Cependant son papa et sa maman voyoient chez eux de beaux messieurs et de belles dames bien polis. Le papa et la maman de Fanny étoient honteux d'avoir une petite fille si grossière ! Fanny, lui dit un jour sa maman, si vous ne dites pas bonjour, si vous ne faites pas la révérence, si vous ne répondez pas poliment quand on vous parle, j'appelleroi Croque-Mitaine.

La petite Fanny ne faisant pas attention à ce que lui disoit sa maman, cette dame appela Croque-Mitaine, qui descendit par la cheminée, avec son grand sac noir ; et il emporta la petite Fanny pour lui apprendre la politesse. Voilà ce qui vous arrivera, Zozo, si vous êtes toujours grossière.

Madame Belmont avoit écouté avec attention les remontrances de Mimi à sa poupée. Elle voulut profiter des bonnes dispositions où sa fille se trouvoit pour lui conter une histoire, qui lui servît en même temps de leçon. — Mimi, lui dit-elle, veux-tu aussi que je conte une histoire ? — Oh ! oui, maman. — Va chercher ta bourse ; mets-toi à travailler, et surtout ne m'interromps pas. Si tu as des questions à me faire, garde-les pour la fin. Ne cause pas non plus avec Zozo ; d'abord parce que ce n'est pas poli, et puis parce que tu me ferois tromper. Te voilà avertie, écoute à présent.

La petite Fille grossière.

Monsieur Machaon, médecin, avoit une petite fille nommée Pontie, extrêmement belle ; mais elle étoit grossière et dédaigneuse ! Son papa et sa maman, bons et polis avec tout le monde, cherchoient à la corriger de ces vilains défauts qui la faisaient haïr ; mais ils n'y gagnaient rien. À l'âge de six ans, la petite Pontie ne faisoit jamais la révérence sans qu'on le lui dît ; elle regardoit à peine ceux à qui elle parloit. Quand ces personnes étoient mal vêtues, c'étoit bien pis ! Pontie les examinoit un moment d'un petit air dédaigneux, et s'enfuyoit à toutes jambes, sans leur répondre. Si, à la promenade, une petite fille venoit obligeamment la prendre par la main pour la mener jouer avec elle, Pontie jetoit aussitôt les yeux sur sa robe, retiroit sa main bien vite quand elle voyoit l'enfant mal habillé.

M. et madame Machaon lui avoient pourtant dit cent fois, que les beaux habits ne font pas le mérite ; qu'une petite fille mal mise peut être bon sujet, bien douce, bien obéissante, bien savante ! Mais, Pontie, naturellement grossière, se mettoit tout à fait à son aise, quand la toilette ne lui en imposoit pas un peu.

Pontie éprouva souvent des mortifications. Quand on lui avoit parlé, elle entendoit dire derrière elle : Cette jolie petite fille appartient certainement à une femme de la halle ; on le voit bien, malgré sa robe de mérinos, garnie de poil, et son élégant chapeau ; car elle est trop malhonnête pour être la fille d'une personne bien élevée : on lui aura prêté les beaux habits qu'elle porte. En entendant cela, Pontie devenoit rouge comme du feu, et couroit vite trouver sa maman, mais elle n'avoit garde de lui dire le sujet de son chagrin !

Un jour, cette petite fille étant au Luxembourg, se trouva engagée par hasard dans une partie qui lui plut fort. Voici comment.

Une pension tout entière s'étant mise à jouer à Colin-Maillard, la maîtresse, assise sur l'herbe, s'amusa à regarder ses élèves, qui rioient du meilleur cœur du monde. Pontie, debout, à deux pas d'elle, montroit assez, par son air, le désir d'être reçue parmi cette belle jeunesse, mais elle n'osoit pas s'avancer. Tenez, venez, mon petit cœur, lui dit la maîtresse ; vous êtes trop gentille pour rester là toute seule à vous ennuyer. Une petite fille polie auroit remercié cette dame par une belle révérence ; mais, point du tout. La grossière Pontie suivit une grande demoiselle qui vint la prendre par la main, et s'éloigna sans répondre et sans regarder seulement la dame qui avoit été si obligeante à son égard. Cette petite fille est bien mal élevée, dit la maîtresse à une de ses pensionnaires ; c'est dommage ; car elle est gentille !

Le jeu ayant duré une demi-heure, les enfans voulurent se reposer. La maîtresse de pension appela Pontie, et lui adressa ainsi la parole : — Mon cœur, quel âge avez-vous ? — Six ans. — Votre maman est-elle ici ? — Oui — Venez-vous souvent au Luxembourg ? — Oui. — Demeurez-vous loin d'ici ? — Non. — Vous êtes sans doute bien savante ? — Je lis le latin et le français. — Savez-vous quelque chose de mémoire ? — Des vers que mon papa m'a appris, les dieux de la Fable, et les rois de France. Je sais aussi compter jusqu'à cent. — C'est beaucoup ! Apprenez-vous le dessin, la musique ? — J'apprends la musique. Elles en étoient là de leur conversation, quand madame Machaon voulant s'en aller, s'avança pour emmener sa fille. Cette dame fit ses remercîmens à la maîtresse de pension, et après l'avoir saluée poliment, elle la quitta.

Mimi, dit madame Belmont en s'arrêtant, comment trouves-tu que cette petite fille se soit conduite dans cette circonstance ? – Très-mal, ma petite maman ! mademoiselle Pontie dit *non, oui*, tout court ; jamais *madame !* Cela n'est pas bien du tout !... tu as raison, ma bonne amie. Écoute la suite de mon histoire.

Lorsque Pontie fut en allée, la maîtresse de pension se mit à parler d'elle : Il est impossible, dit-elle à ses élèves, que la petite fille qui a joué avec vous, appartienne à la dame qu'elle appelle sa mère, et qui l'est venue chercher. Avez-vous remarqué à quel point cette petite fille est grossière ? Cependant, celle qu'elle nomme sa mère, est polie comme une dame du grand monde ! C'est sûrement une pauvre enfant qu'elle aura prise par charité !... C'est ainsi que chacun jugeoit Pontie et son aimable maman !... Si cette petite fille eût été laide et mal mise, on y auroit fait moins d'attention ; mais rien n'est si choquant qu'une personne mise élégamment avec des manières poissardes.

Pontie recevoit de temps en temps de fortes leçons de la part des étrangers. On lui fit plus d'une fois de mauvais complimens, dont elle ne se vanta pas. On la comparoit avec d'autres enfans vêtus communément, mais polis, agréables, et, sans balancer, on leur donnoit la préférence sur elle. Ces enfans, disoit-on, font honneur à leurs parens, et vous, ma belle demoiselle, vous ne paraissez pas faite pour vos habits... On ne peut rien dire de plus humiliant ! Cependant Pontie ne changeoit pas !...

Cette petite étoit non seulement grossière, mais, comme je l'ai déjà dit, elle étoit aussi très vaine ! Mademoiselle s'imaginoit qu'elle valoit mieux qu'une autre, parce que son père et sa mère avoient un joli appartement, une *bonne* pour les servir, et des habits selon la saison. Pontie n'avoit jamais vu des gens plus riches que son père et sa mère ; elle se croyoit en droit de mépriser ceux qu'elle prenoit pour ses inférieurs.

Or, il arriva que son papa et sa maman la menèrent un jour aux Tuileries. M. et madame Machaon prirent des chaises, et la petite courut çà et là autour d'eux. Elle fut arrêtée par une dame qui se reposoit sur un banc voisin. Cette dame, fort âgée, ne voyoit presque plus ! elle étoit vêtue bien pauvrement ; aussi Pontie la toisa des pieds à la tête lorsqu'elle lui prit la main pour lui parler. – Où sont vos parens, mon petit cœur ? – Là, sur des chaises. – Vous ne me reconnoissez pas ? – Non. – Ah ! il est vrai ! vous étiez si petite la dernière fois que je vous ai vue ! comme vous êtes grandie, embellie !... À ce compliment flatteur, la petite fille retira sa main brusquement, et s'enfuit vers sa mère, à laquelle elle dit qu'une *pauvresse,* et elle la lui montra du doigt, venoit de lui parler, et qu'elle lui avoit pris la main ! J'ai eu peur ! ajouta Pontie, cette femme m'auroit peut-être pris mes boucles d'oreilles ! – Ma fille, lui dit sa maman, les *pauvresses* n'entrent pas dans ce jardin. En disant cela, madame Machaon regarda du côté que lui indiquoit sa fille, et elle vit une dame assez mal mise ; mais qui avoit l'air très respectable. Madame Machaon crut se rappeler ses traits ; cependant elle ne la reconnut pas d'abord. Elle fit à sa fille une forte réprimande sur son éloignement pour les personnes mal mises, et lui apprit que souvent les haillons de la misère couvrent des personnes du premier mérite, tandis que l'or et la soie qui plaisent aux yeux, habillent quelquefois de fort malhonnêtes gens. Ensuite, elle se leva pour s'en aller, et passa exprès du côté de la dame mal vêtue. M. Machaon ne l'eut pas plutôt vue, qu'il s'écria : C'est madame la duchesse de *L.* !... et s'avançant vers elle avec respect, il la salua profondément, lui demanda de ses nouvelles, et lui présenta sa femme et sa fille. La duchesse lui fit mille questions sur sa fortune et sur sa famille. Elle embrassa Pontie, qui cette fois ne retira point sa main.

Quand l'enfant eut quitté la duchesse, sa maman lui fit remarquer combien les apparences sont trompeuses !... Vous le voyez, ma fille, lui dit-elle, madame la duchesse de *L.*, femme du plus grand mérite, qui a eu un équipage, des gens pour la servir, un bel hôtel, de beaux habits, une grande fortune enfin, est à présent dans la misère, par une suite de malheurs ! Faut-il donc la mépriser pour cela ? – Je ne savois pas que c'étoit une duchesse, dit la petite. – Le titre n'y fait rien, reprit la maman ; il suffit que la personne soit estimable. Ah ! ma chère enfant, gardez-vous de dédaigner le pauvre ; car Dieu ne vous béniroit pas !... Soyez aussi polie avec tout le monde, car vous n'êtes pas en état de distinguer à qui vous avez affaire. D'ailleurs, si, par hasard, vous vous adressiez à quelqu'un qui ne le méritât pas, vous n'en passeriez pas moins pour une petite fille aimable et bien élevée.

Pontie promit à sa maman d'être plus polie à l'avenir, et véritablement la rencontre de la duchesse lui avoit fait une forte impression !

Quelque temps après, cette dame gagna un procès considérable ; elle reparut dans le monde avec un train magnifique et de beaux habits. M. Machaon retourna chez elle comme autrefois ; il y mena sa femme et sa fille que la duchesse combla de présens. Pontie devint polie, et tout à fait aimable ; et la duchesse de *L.* en fit sa favorite.

* * * * *

QUATRIÈME CONVERSATION.

MADAME Belmont, profitant d'un beau jour, mena Mimi aux Champs-Élysées, et sur l'avenue de Neuilly. Zozo étoit aussi de la partie. Au retour, Mimi prit sa poupée, et lui parla ainsi :

Zozo, vous allez avoir votre bonnet de nuit, parce que je suis fort mécontente de vous. Comment, Mademoiselle, vous revenez sans chapeau, et vous avez déchiré votre robe ! savez-vous bien que vous me coûtez beaucoup d'argent ; je n'en ai plus pour mon ménage ; vilaine petite fille que vous êtes ! (Elle la tape.) Que dira votre papa quand je lui demanderai un chapeau pour vous ? il grondera !... Voyez comme vous êtes sale ! aussi vous vous êtes traînée dans le sable fort joliment ; vos mains sont-elles assez noires ! ne me touchez pas, petite malpropre !... Pourquoi, Mademoiselle, avez-vous quitté maman aux Champs-Elysées ? pourquoi, malgré sa défense, avez-vous joué avec des petites filles que vous ne connoissiez pas ? ah ! vous êtes déso-béissante, vous allez avoir le fouet ! (Elle la fouette.) Ah ! ah ! vous l'avez bien mérité ! un chapeau perdu, l'ombrette de ma-man cassée, une robe déchirée !... les enfans sont ruineux, en vérité !... En rentrant, comment avez-vous demandé à boire ? Jeannette, donnez-moi à boire, sans dire s'il vous plaît ou je vous prie. Est-ce comme cela que je vous élève ? Cette pauvre Jeannette, qui est si bonne fille, vous lui parlez quelquefois avec un ton fort malhonnête ! je lui ai dit pourtant de ne vous rien donner que vous ne demandiez poliment ; mais vous abusez de sa bonté !... Voyons un peu la mythologie ; il y a longtemps que je ne vous ai fait de questions sur cela. Qu'est-ce que Saturne ?

ZOZO.
Il est fils du ciel et frère de Titan.

MIMI.
Et Jupiter ?

ZOZO.
C'est le fils de Saturne et de Cybèle.

MIMI.
Quels sont les frères et sœurs de Jupiter ?

ZOZO.
Cérès et Junon, ses sœurs ; Neptune et Pluton, ses frères.

MIMI.
Qu'est-ce que Cérès ?

ZOZO.
La déesse des blés.

MIMI.
Qu'est-ce que Jupiter ?

ZOZO.
Le dieu du ciel.

MIMI.
Quel est le dieu de la mer ?

ZOZO.
Neptune.

MIMI.
Et celui des enfers ?

ZOZO.
Pluton.

MIMI.
Qu'est-ce que Junon ?

ZOZO.
La sœur et la femme de Jupiter.

MIMI.
C'est fort bien ! en voilà assez. Prenez votre ouvrage à présent. Si vous êtes bonne fille, demain je vous achèterai un chapeau. Faites cet ourlet bien droit, et à petits points.

Pendant ce dialogue, madame Belmont s'étoit déshabillée. Elle prit son ouvrage et appela sa fille, qu'elle fit asseoir auprès d'elle. Mimi, lui dit-elle, avant que tu te couches, il faut que je conte l'histoire d'une petite fille que j'ai vue aujourd'hui, en faisant des emplètes. Je veux, aussi te faire voir cette aimable enfant ; elle est charmante, car elle est jolie et sage comme un petit ange.

La petite Marchande.

Madame Derbelet resta veuve de bonne heure, avec une petite fille de six ans. Cette dame loua une boutique ; elle se mit à vendre du fil, du ruban, et toutes sortes de choses analogues. Blanche, c'est ainsi qu'on nommoit sa petite fille, lui tenoit lieu de fille de boutique. Cela t'étonne, Mimi, dit madame Belmont en s'interrompant, et tu as raison. À six ans, c'est bien jeune ; mais Blanche n'étoit pas un enfant ordinaire. Cette petite savoit très-bien lire ; elle connoissoit toutes les étiquettes de la boutique. Quand sa maman étoit occupée, Blanche servoit ceux qui venoient acheter du fil, des épingles, du ruban, etc., avec une grâce charmante ; elle étoit surtout complaisante et polie à faire plaisir. Sa vivacité, ses grâces, sa gentillesse la faisoient aimer de tout le monde : on venoit exprès de bien loin pour voir la petite marchande ; et, en peu de temps, la boutique fut achalandée, c'est-à-dire qu'il y vint un grand nombre de personnes pour acheter des marchandises, et Blanche en eut tout l'honneur. Ce n'est pas que sa maman ne s'entendît pas au commerce, au contraire, elle étoit douce, aimable, gracieuse : c'étoit elle enfin qui avoit élevé Blanche ; mais on s'intéressoit davantage à la petite fille à cause de sa jeunesse : d'ailleurs il est si rare de voir un enfant se livrer volontairement à des occupations sérieuses !... aussi chacun parloit de la petite marchande ; on l'élevoit au ciel.

Ne crois pas, Mimi, que Blanche fit parade de ses petits talens ; bien au contraire, elle étoit extrêmement modeste, et elle paroissoit même ignorer l'admiration qu'elle inspiroit. Quand sa maman tenoit le comptoir, Blanche prenoit sa petite chaise, et s'asseyoit sur le pas de la porte avec son ouvrage, sans lever les yeux pour voir les passans. Elle ourloit des mouchoirs, des serviettes, des cravates, et faisoit des petites chemises pour les enfans, non pas pour s'apprendre à travailler, mais pour vendre, car sa maman tenoit aussi du linge tout fait. La petite marchande étoit payée par sa maman comme une ouvrière : un ourlet, deux liards ; une chemise d'enfant, six sous ; une aune de feston, quatre sous ; ainsi du reste. Blanche mettoit cet argent dans une tirelire, et l'en retiroit deux fois l'année, au commencement de l'été et au commencement de l'hiver, pour s'acheter les choses dont elle avoit besoin.

Malgré ses occupations, Blanche trouvoit encore du temps pour étudier. Sa mère la faisoit lire deux fois le jour, et un maître venoit lui apprendre à écrire et à compter. En peu de temps, et par son application, la petite marchande en sut assez pour faire des factures, c'est-à-dire pour écrire le nom et le prix des marchandises que l'on vendoit.

En grandissant, Blanche devint de plus en plus la consolation de sa mère, qui l'aimoit à la folie ! Bientôt la petite marchande eut occasion de faire connoître à quel point elle étoit raisonnable. Sa maman étant tombée malade très sérieusement, Blanche tint la boutique comme une grande personne. Elle eut la discrétion de ne point dire que sa mère gardoit le lit, de sorte qu'on la croyoit toujours près d'elle. La bonne se mêloit du ménage ; elle soignoit la malade, et Blanche, sans sortir du comptoir, recevoit les acheteurs. Enfin la maman se rétablit ; elle trouva la boutique aussi florissante qu'elle l'avoit laissée. Cette bonne mère reconnut avec plaisir qu'elle devoit à sa fille la conservation de ses pratiques.

Blanche devoit éprouver des chagrins, personne n'en est exempt. Elle eut le malheur de perdre sa mère à onze ans, et elle en fut inconsolable !... mais elle avoit assez de raison pour modérer sa douleur, dans la crainte d'éloigner ceux qui venoient à sa boutique. Blanche reparut en grand deuil, triste, mais toujours douce, polie, affable comme du vivant de sa mère. Une de ses tantes vint demeurer avec elle, mais seulement pour tenir la maison. Blanche, devenue encore plus raisonnable par la perte qu'elle avoit faite, fut en état de garder la boutique pour son compte. Son nom resta sur l'enseigne, et elle s'en trouva bien, car la réputation de la petite marchande étoit faite. En peu de temps, Blanche fît sa fortune ; elle la dut à son joli caractère et à sa bonne conduite.

Mimi fut bien satisfaite de l'histoire que madame Belmont venoit de lui raconter ; la soirée s'étoit passée trop vite à son gré, et l'heure à laquelle elle avoit habitude de se coucher étant sonnée, sa maman la fit mettre au lit. Le lendemain, madame Belmont étant indisposée, garda sa chambre ; Mimi, qui aimoit tendrement sa mère, ne voulut pas la laisser seule pour aller se promener. Il falloit bien passer son temps à quelque chose : Mimi s'entoura de chiffons, gronda sa poupée, prit et laissa vingt fois ses joujoux dans l'espace de deux heures. Ne sachant plus que faire, elle s'empara du chat, et lui mit une des cornettes de Zozo. Minet étoit si drôle avec cette coiffure, que sa petite maîtresse rit aux larmes en le regardant. Comme le jeu plaisoit à

Mimi, elle voulut finir la toilette de minet, et l'habilla en dame. La petite parvint avec peine à lui mettre un collier et un fichu ; mais lorsqu'elle en vint à la robe, Minet voulut s'enfuir !... Cependant Mimi avoit résolu d'en venir à son honneur. Elle prit une des pattes du chat et la fourra dans une manche avec beaucoup de peine ; mais quand ce vint à l'autre, Minet miaula, jura à faire trembler, parce que Mimi lui faisoit du mal. La petite lui donna de bons soufflets ! elle étoit contrariée de ne pas le trouver assez complaisant pour se prêter à ses fantaisies... Voyant qu'il lui étoit impossible de lui faire mettre la robe de Zozo, elle la lui attacha sous le col. Minet, impatienté d'être tourmenté ainsi, profita d'un moment où il étoit libre pour se sauver sous le lit ; mais la petite, l'ayant attrapé par la queue, le tira de toutes ses forces. Le chat, déjà en colère, se retourna avec vivacité, et lui égratigna la figure, les bras et les mains, puis il s'échappa malgré elle. Mimi se mit à pleurer, autant d'humeur que du mal que Minet lui avoit fait.

Madame Belmont, qui connoissoit sa fille, se douta de l'aventure en voyant courir Minet en robe traînante, et coiffé si joliment ! – Pourquoi pleures-tu, Mimi, lui demanda-t-elle ? – C'est que Minet m'a égratignée !... – Cela m'étonne ; il est si doux ! tu lui as donc fait du mal ? – Non, maman. – Tu mens, Mimi ! – Je l'ai seulement tiré par la queue ; mais c'est que je voulois le retenir !... Au même instant, Minet parut affublé du bonnet et de la robe de Zozo. Madame Belmont ne put s'empêcher de sourire. Elle appela le chat, le débarrassa de ses chiffons, et, se trouvant mieux, elle se mit sur son séant, fit venir Mimi auprès d'elle, et lui raconta l'histoire suivante :

Histoire de Marinette.

Il y avoit une petite fille, nommée Marinette, qui, toute jeune, annonçoit un mauvais cœur en faisant du mal aux animaux. Sa maman lui disoit : Ma bonne amie, les pauvres bêtes que tu te plais à tourmenter, ont comme toi de la chair, du sang et des os. Dans le nombre, il y en a d'infiniment petites ; mais ce n'est pas une raison pour qu'elles souffrent moins. Un petit chien à qui on casseroit une patte, éprouveroit les mêmes douleurs que le plus gros de son espèce. Une mouche dont on arrache les ailes se plaint à sa manière ; on ne l'entend pas, parce que sa petite voix ne peut frapper l'oreille.

Que diroit-on d'un homme qui, pour s'amuser, crèveroit un œil à un âne, couperoit la tête d'un cheval, casseroit les quatre pattes d'un chien, et feroit mille autres cruautés de cette espèce par simple passe-temps ? on le fuiroit comme un monstre redoutable à l'espèce humaine, parce qu'on ne pourroit croire qu'il fût capable d'en agir ainsi avec les animaux, si son cœur n'étoit pas dur et impitoyable. Cela s'applique à toi, Marinette, continuoit la maman ; que penseront ceux qui te voient sans cesse prendre des mouches pour les enfiler, leur casser les pattes, arracher leurs ailes, et leur couper la tête ? Est-ce la facilité que tu as à détacher ces parties de leur corps qui te fait croire que ces petits animaux ne souffrent point ? Si tu penses ainsi, ma chère, tu t'abuses ; vois les précautions que l'on prend avec un petit enfant, pour ne pas lui briser les os. Si on le laissoit tomber, avant qu'il ait pris des forces, il se casseroit bras et jambes, et souffriroit des douleurs incroyables. Tout être vivant, ma chère amie, est susceptible de la même sensibilité, et c'est être barbare de se faire un jeu d'ôter la vie même à un insecte.

Ces excellentes leçons faisoient peu d'effet sur Marinette, qui s'amusoit d'un chat, d'un chien, d'un oiseau, comme elle eût fait d'un morceau de carton.

Un jour, madame de Lime, sa maman, céda à sa prière, en prenant un joli chat, à poil long, blanc comme la neige. On cherchoit à intéresser Marinette à ces petits êtres, par la vue journalière de leurs gentillesses.

D'abord l'enfant caressa beaucoup le Minet, qu'elle nomma *Bibi* ; mais bientôt, devenant exigeante, elle lui fit faire l'exercice, et mille autres choses que *Bibi* n'aimoit pas du tout. Alors mademoiselle Marinette le tapoit de la bonne manière, et, si madame de Lime n'étoit pas là pour le protéger, *Bibi* avoit les pattes tortillées, les poils arrachés, et force soufflets : Marinette en colère ne le ménageoit pas.

Madame de Lime eut un chien. Elle se flatta que les aimables qualités de ce fidèle animal gagneroient le cœur de sa fille. Ce beau caniche fut nommé *Pouf*. Il devint bientôt l'ami de la maison, et s'attacha surtout à la petite, quoiqu'elle le maltraitât souvent.

Or, il arriva qu'un jour M. et madame de Lime, étant à la promenade dans un jardin public où il y avoit beaucoup de monde, se trouvèrent séparés de leur fille. Qu'on juge de l'inquiétude de ces bons parens !... Ils s'aperçurent aussi que *Pouf* n'étoit plus avec eux. Ils cherchèrent partout Marinette ; n'en ayant pas eu de nouvelles, ils revinrent chez eux à la nuit, bien affligés. Marinette étoit arrivée avant eux à la maison : *Pouf,* qu'elle tenoit en laisse, l'y avoit conduite aussitôt qu'il avoit eu perdu ses maîtres.

Si la petite fut bien embrassée, le chien intelligent et fidèle eut aussi sa part des caresses. Marinette seule ne lui sut aucun gré du service qu'il lui avoit rendu. Le bon chien sembloit redoubler d'attachement pour l'enfant ; mais il avoit beau faire, Marinette ne s'en apercevoit pas. Jamais la petite ne le flattoit ; jamais on ne lui voyoit donner une seule bouchée de pain à ce bon animal. *Pouf* venoit auprès d'elle, en remuant la queue ; il lui donnoit la patte, lui léchoit les mains ; la méchante enfant répondoit à ces signes d'affection par un coup de pied, ou en le frappant de ce qu'elle tenoit alors, ce qui quelquefois faisoit faire des cris lamentables au pauvre chien. Cependant les duretés de cette petite fille ne rebutèrent point le fidèle *Pouf,* qui sembloit dire : Tu es la fille de mon maître que j'aime ; je dois t'aimer aussi. Marinette grandit sans devenir plus sensible pour les animaux. Tous les jours, malgré la surveillance de sa maman, il y en avoit quelques-uns de sacrifiés à ses cruels plaisirs. Une fois entre autres (la seule pensée m'en révolte !) une marchande, qui ne la connoissoit pas, lui donna un petit moineau. Marinette lui attacha un ruban à la patte, et le fit voler comme un hanneton. Le malheureux oiseau tomba par terre tout étourdi ; le chat sauta dessus et le mangea !... Marinette fut plus surprise qu'affligée de cette aventure ; mais sa maman étant survenue, et ayant appris ce qui venoit de se passer, fouetta sa petite fille d'importance !... Marinette l'avoit bien mérité !... Qu'en penses-tu, Mimi ? – Oh ! c'étoit une méchante que cette demoiselle ! qu'elle ne vienne pas prendre notre petit serin ; je l'en empêcherai bien !

Dès ce moment, il fut défendu à la méchante Marinette de prendre des mouches ou autres insectes, de jouer avec des hannetons, et surtout de toucher aux oiseaux, aux chats et aux chiens, sous peine d'être punie sévèrement.

Marinette avoit six ans, et son cœur ne s'étoit pas encore attendri une seule fois sur le sort des petits malheureux qui étoient tombés entre ses mains, lorsqu'un événement qui arriva à cette époque la changea tout à coup, et la rendit aussi sensible qu'elle avoit été dure jusqu'alors.

J'ai dit que *Pouf,* toujours bon, toujours fidèle, lui témoignoit la plus vive affection, malgré les mauvais traitemens qu'elle lui faisoit souffrir. On eût dit, même, qu'il avoit pour elle une préférence marquée ; soit que l'enfance intéresse jusqu'aux animaux mêmes, soit qu'élevés ensemble, ce chien eût pris pour elle un attachement plus tendre que pour M. et madame de Lime.

Quelques affaires étant survenues à M. de Lime, la petite famille fut obligée de faire un voyage, à 60 lieues de sa demeure habituelle. Il étoit impossible d'emmener le fidèle *Pouf*. On le recommanda aux domestiques, et malgré les signes d'une douleur bien sincère, le chien resta à la maison.

Privé de ses chers maîtres, *Pouf* ne voulut prendre aucune nourriture. Il se lamentoit le jour et la nuit, et se tenoit couché constamment sur une robe du matin de Marinette, qu'on avoit laissée par mégarde sur un fauteuil.

Pendant huit jours, *Pouf* ne but que de l'eau ; il étoit dévoré par une fièvre ardente, qui causa sa mort. La famille étant revenue, ce bon chien rassembla toutes ses forces, pour témoigner à ses chers maîtres combien il étoit content de les revoir ; ensuite il fut se coucher aux pieds de Marinette, lui fit mille caresses, et, tournant ses yeux sur elle comme pour lui dire un dernier adieu, il expira.

Marinette pleura amèrement son cher *Pouf !*... Cette mort singulière avoit fait une forte impression sur son esprit. Depuis ce temps, elle fut toujours bonne pour les pauvres bêtes qui se trouvèrent dans sa dépendance, et elle se reprocha souvent la conduite qu'elle avoit tenue avec eux dans ses jeunes années.

Maman, dit Mimi à madame Belmont, lorsqu'elle eut fini, est-ce que les chiens sont aussi bons que vous le dites dans cette histoire ? – Mille fois davantage, ma bonne amie. On a vu souvent un chien sauver la vie à son maître ou mourir pour lui prouver sa fidélité, soit du chagrin de l'avoir perdu, soit pour ne pas abandonner le dépôt confié à sa garde.

– Maman, les chats ne sont pas si attachés que les chiens ? – Ma fille, ils le sont aussi à leur manière ; mais leur attachement est moins désintéressé, moins touchant que celui du chien. Un chat est un animal utile ; il a beaucoup d'instinct, et il est parfois très aimable. Sans m'arrêter à chercher ceux d'entre les animaux qui méritent particulièrement notre affection, je répéterai qu'en général, il faut les traiter tous avec douceur, leur donner le nécessaire, puisqu'ils sont dans notre dépendance, et ne jamais leur faire de mal, à moins d'y être forcé par la nécessité. — Mais ceux que nous mangeons, il faut bien les tuer ? Hélas ! oui, il le faut ! mais ce seroit une barbarie de les faire souffrir avant de leur donner la mort : celui qui les bat impitoyablement est bien coupable. Cela me rappelle une petite histoire que je vais te raconter. — Oh ! tant mieux, maman, tant mieux !...

Le méchant petit Garçon.

Paul étoit un jeune homme querelleur et méchant ; aussi il n'étoit aimé de personne à cause de ses mauvaises qualités. Son plus grand plaisir étoit de faire du mal à tous les animaux qu'il rencontroit : s'il voyoit un chien dans la rue, il lui jetoit une pierre, ou lui donnoit un coup de bâton ; il se faisoit un jeu de faire sauter les chats par les fenêtres ; quelquefois même il leur coupoit les oreilles et la queue ; c'étoient pour lui des gentillesses.

Un jour il attela un chien à un chariot qu'il avoit chargé de pierres : Tu es maintenant mon cheval, lui disoit-il ; et il le frappoit rudement, parce que ce petit animal ne pouvoit pas traîner ce chariot, dont la charge excédoit ses forces.

Sur ces entrefaites, Nicolas, père de Paul, arriva par hasard. Témoin de la cruauté de son fils, il le saisit par le bras, et l'attachant à une grande voiture, il lui ordonna de la traîner. Paul, incapable de remuer seulement cette lourde masse, assura son père que cela lui étoit impossible. Nicolas, sans l'écouter, prit un fouet, et lui en donna sans miséricorde. Le petit garçon jetoit les hauts cris ! — Ce traitement t'amuse-t-il ? lui demanda son père. Paul ne répondit que par ses pleurs. — Eh bien ! ajouta Nicolas, penses-tu que ce chien que tu fais souffrir, soit moins sensible que toi à la douleur, et que les coups de fouet lui soient plus supportables qu'à toi ? Tu ne dois faire du mal à aucun être vivant, si tu ne veux, à ton tour, être maltraité toi-même : souviens-toi de cela !

Paul oublia bientôt cette leçon. Quelques semaines après, une hirondelle lui tomba entre les mains ; il lui arracha toutes les plumes les unes après les autres. Son père découvrit encore ce nouveau trait de cruauté. Ô Dieu ! dit-il en soupirant ; que je suis malheureux d'être le père d'un enfant qui sera peut-être un jour la honte et l'opprobre de ma maison !... Transporté de colère, il se rendit auprès de Paul, et lui dit : Méchant enfant ! ne t'avois-je pas averti que toutes les fois que tu ferois du mal aux animaux, ou que tu serois cruel envers un être vivant, quel qu'il fût, je le serois de même envers toi ? Tu as arraché sans pitié les plumes de ce petit oiseau, et ses cris plaintifs n'ont pas ému ton cœur de roche !... Je veux te donner une idée des douleurs excessives que tu as causées à cette innocente créature... En même temps, Nicolas saisit le méchant Paul par les cheveux, et lui en arracha une touffe. Paul poussoit des cris lamentables, mais personne ne le plaignoit, parce qu'on connoissoit son mauvais cœur.

Un jour, que Paul avoit fait une nouvelle méchanceté, un homme de mérite, qui en fut témoin, la lui reprocha avec amertume ; il lui prédit un avenir funeste : il est impossible, lui dit-il, que vous ne trouviez point quelque jour le châtiment des souffrances que vous faites endurer à ces animaux, que Dieu n'a donnés à l'homme que pour être sa joie et sa satisfaction. Si jamais vous éprouvez de grandes douleurs, souvenez-vous de ce que je vous dis aujourd'hui.

Paul se moqua des remontrances et des prédictions de l'honnête homme qui lui parloit. Il continua d'être cruel envers les animaux, et finit enfin, comme cela devoit être, par être barbare avec ses semblables. Il fut même sur le point de tuer un de ses amis qui lui reprochoit ses défauts.

Étant devenu grand, Paul se fit soldat ; mais qu'arriva-t-il ? dans la première bataille où il se trouva, un boulet de canon lui emporta les deux jambes. On l'enleva comme mort. Les douleurs inexprimables qu'il ressentit ensuite, lui arrachèrent des cris affreux !... Lorsqu'on mit le premier appareil sur ses blessures, l'aumônier du régiment, ecclésiastique pieux et zélé, cherchoit à lui inspirer du courage et de la patience ; mais les douleurs insupportables que Paul souffroit, lui rendoient ces consolations tout à fait inutiles. Quand il fut plus calme, il se souvint des cruautés qu'il avoit exercées dans sa jeunesse envers les animaux ; il se rappela aussi la prédiction qui lui avoit été faite par l'ami de son père : Ah ! s'écrioit-il, qu'ai-je fait ! je sens à présent la grandeur de ma faute ! Dieu est juste ; il me punit comme je l'ai mérité...

Paul, tout estropié, vécut encore dix ans, allant de ville en ville pour recueillir quelques aumônes. Cette vie misérable n'étoit encore rien en comparaison des reproches qu'il s'adressoit à lui-même ; car de tous les maux, le plus insupportable est la certitude d'avoir mérité les peines que l'on souffre.

Lorsque madame Belmont eut fini cette histoire, elle renvoya Mimi à ses joujoux. La petite fille, selon son habitude, causa bien bas, bien bas avec sa poupée. Il y a longtemps, Zozo, lui dit-elle, que je ne vous ai interrogée. Voyons un peu si vous êtes bien savante. Combien y a-t-il de jours dans l'année ?

ZOZO.
Trois cent soixante-cinq.

MIMI.
Dans le mois ?

ZOZO.
Trente ou trente et un.

MIMI.
Dans la semaine ?

ZOZO.
Sept.

MIMI.
Nommez-les.

Z O Z O.
Lundi, mardi, mercredi, jeudi, vendredi, samedi, dimanche.

MIMI.
Combien y a-t-il de mois dans l'année ?

ZOZO.
Douze.

MIMI.
Nommez-les.

ZOZO.
Janvier, février, mars, avril, mai, juin, juillet, août, septembre, octobre, novembre, décembre.

MIMI.
C'est bien ; je suis contente de vous. Tenez, voici une pièce neuve pour votre récompense. Venez, que je vous embrasse.

Mimi et Zozo répétoient toujours à peu près les mêmes choses : c'étoient des leçons de lecture ou de politesse : Mimi étoit l'écho de sa mère.

Un jour que la petite avoit rempli ses devoirs mieux encore que de coutume, sa maman la fit venir auprès d'elle pour lui conter une *histoire*, chose qu'elle aimoit par-dessus tout.

Viens ici, ma bonne amie, lui dit madame Belmont, j'ai une histoire à te raconter. Mimi prit son petit tricot ; elle fut s'asseoir auprès de sa maman comme une fille raisonnable, et madame Belmont commença ainsi.

Le revenant.

Il y avoit une fois une petite fille, nommée Lolotte, qui avoit peur de son ombre. Elle n'auroit pas été seule, sans lumière, la nuit, dans un lieu obscur, pour un trésor !...

Lolotte étoit âgée de dix ans. Elle couchoit dans une chambre, dont la porte donnoit dans le cabinet de sa bonne. Lolotte se portoit bien ; on pouvoit sans crainte la laisser seule lorsqu'elle étoit couchée. Depuis un an que cette petite avoit quitté la chambre de sa mère, il ne lui étoit rien arrivé de fâcheux.

Une nuit, cependant, Lolotte fut réveillée en sursaut par un vacarme effroyable !... Il lui sembla que quelqu'un brisoit à plaisir le déjeuner de porcelaine de sa maman. La pauvre Lolotte fourra sa tête dans son lit, et se couvrit de sa couverture : elle étoit plus morte que vive, et n'osoit pas même respirer...

Ce bruit ayant cessé, un autre aussi extraordinaire lui succéda. Lolotte entendit distinctement tomber une chaise et un guéridon, et sauter en éclats la carafe et le gobelet qui étoient dessus. Cette fois la petite crut que la maison tout entière étoit tombée sur elle... Tremblante de tous ses membres, elle eut cependant le courage de regarder autour d'elle ; mais elle vit un monstre, gros comme un éléphant, qui faisoit des grimaces effroyables ; elle crut, même, qu'il s'approchoit de son lit, sans doute pour l'étrangler...

La crainte de la mort donna à Lolotte la force de sauter en bas du lit pour se cacher dans la ruelle : sa tête étoit tout à fait perdue. Lorsqu'elle eut mis machinalement les deux pieds à terre, elle se sentit arrêtée par sa chemise... Pour le coup, Lolotte crut être au pouvoir de *l'esprit* ; elle fit un cri perçant, et tomba sans connoissance...

Cependant la *bonne* s'étoit réveillée au bruit. Elle entra avec de la lumière, vit Lolotte évanouie, accrochée par sa chemise à un clou de sa couchette, et toute la chambre sens dessus dessous. À cette vue, la *bonne* resta interdite... Elle releva l'enfant, qui avoit la pâleur de la mort sur sa figure, et elle appela le papa et la maman de la petite. On fit revenir Lolotte, et on lui demanda l'explication du dégât qui s'étoit fait. Lolotte assura qu'elle avoit vu un *revenant !* qu'il l'avoit voulu prendre dans son lit, et qu'elle en étoit bien sûre...

Les gens raisonnables, qui savent très-bien qu'il n'y a point de *revenans,* cherchent à s'instruire de la cause d'un bruit quelconque qu'ils ne connoissent pas. Il n'en est pas ainsi des enfans, qui se plaisent à croire des choses impossibles, parce que le merveilleux flatte leur imagination. La maman de Lolotte ne se paya pas d'une réponse aussi peu vraisemblable.

Lorsque la petite eut repris ses sens, il s'établit entre elle et sa mère le dialogue suivant : « Raconte-nous donc, Lolotte, ce qui t'es arrivé. – Maman, je ne le sais pas moi-même. – As-tu vu quelqu'un ? – Non, ce n'étoit pas une personne. – Mais, pourquoi as-tu crié, pourquoi t'es-tu trouvée mal ? – Ah ! j'ai eu si grand'peur !... un spectre m'a précipitée du lit !... – Tu ne sais ce que tu dis, Lolotte. – Maman, un *esprit*, j'en suis sûre, est venu dans ma chambre ; il a brisé vos porcelaines, renversé la chaise, le guéridon, et fracassé le verre et la carafe. Je sais qu'effectivement il est arrivé cette nuit quelque chose d'extraordinaire ; mais tu ne me persuaderas pas, ma fille, qu'il y ait des *reve-nans* ; conte ces enfantillages aux petites demoiselles de ta pension, et non pas à ta mère. Je vois ce que c'est, tu as fait un rêve qui t'a troublé l'esprit : conviens-en.

— Oh ! je ne dormois point, maman, je vous assure ; j'étois à peine couchée, lorsque j'ai entendu casser tout à la fois les tasses et les soucoupes de votre cabaret. La frayeur que j'ai eue m'a fait enfoncer la tête dans mon lit. Au second bruit, bien plus fort que le premier, j'ai regardé à travers les rideaux, et j'ai vu un animal énorme pour la grosseur, qui jetoit du feu par la bouche et par les narines ; ses yeux étoient comme deux lumières qui éclairoient toute la chambre. J'osois à peine respirer ; tout à coup ces deux lumières ont disparu ; j'ai entendu alors remuer les volets de la fenêtre, et quelque chose de pesant s'est élancé contre le mur, et est retombé lourdement. C'étoit bien un *reve-nant* ; car j'ai entendu le bruit des chaînes qu'il traînoit... — Mais pourquoi n'as-tu pas appelé ? — Je n'en avois pas la force ; ma langue me refusoit ses services. Pendant quelques momens tout a été tranquille ; mais bientôt, à la lueur de la lune, j'aperçus un spectre effrayant qui se tenoit près des rideaux de ma fenêtre ; il me paroissoit tantôt grand, tantôt petit. Je me cachois le visage de mes mains pour ne pas le voir ; je fis même quelques efforts pour me lever, afin de me cacher dans mes couvertures ; mais je perdis tout à fait la tête quand je vis l'*esprit* venir à moi. Il m'a saisie par le milieu du corps, et m'a précipitée en bas de mon lit... Ô mon Dieu ! je frissonne encore quand j'y pense !... Jamais, jamais, je ne coucherai dans cette chambre, où il revient des *esprits...* »

On ne contraignit point Lolotte à coucher dans sa chambre la nuit suivante ; car on vouloit savoir auparavant qui avoit tout culbuté dans cette pièce.

La première chose qui étoit venue à l'idée du papa et de la maman, c'est que la petite s'étoit levée en rêvant, et s'étoit effrayée elle-même en renversant le guéridon, sur lequel étoient le gobelet et la carafe. Cette pensée, assez vraisemblable une fois adoptée, tout le reste s'expliquoit aisément ; car on avoit trouvé Lolotte accrochée par sa chemise en voulant descendre de son lit. Ce n'étoit donc rien, ou presque rien.

Le papa qui vouloit prouver à sa petite fille, que rien n'arrive dans le monde sans une cause simple et naturelle, décida que Lolotte coucheroit auprès de sa mère, et que lui prendroit le lit de sa fille la nuit suivante. Cette mesure étoit d'autant plus sage, que par-là on s'assuroit si la petite ne prenoit pas l'habitude de se lever en dormant ; ce qui auroit pu arriver. D'un autre côté, le papa lui prouvoit, en couchant dans cette chambre, qu'il n'y avoit rien à craindre ; car personne ne s'expose volontairement à un danger certain.

Le soir étant venu, Lolotte coucha auprès de sa mère, comme il avoit été résolu, et elle dormit fort bien. Quant à son père, il ne tarda pas à être réveillé par un bruit qui l'étonna, et le fit mettre sur son séant : il entendit casser un carreau !... Comme il étoit dans le premier sommeil, il s'imagina que c'étoit un voleur qui vouloit ouvrir sa fenêtre pour entrer dans l'appartement. Le clair de lune lui permettoit de voir la croisée et, même toute la chambre. Ce monsieur eut beau tenir ses yeux fixés sur la fenêtre, rien ne lui annonça qu'un homme cherchât à s'introduire dans sa demeure, et, par réflexion, il rit en lui-même d'avoir pu seulement arrêter sa pensée à une chose aussi impossible, puisque son appartement étoit au troisième étage. À la vérité, il y avoit un toit de communication qui se trouvoit tout proche, mais un homme n'auroit pu s'y tenir, ni y arriver.

Le père de Lolotte faisoit toutes ces réflexions, lorsqu'un nouveau bruit se fit entendre. Ayant tourné les yeux de ce côté, tous ses doutes furent éclaircis ; il vit le voleur ! car c'en étoit un, ou plutôt l'*éléphant*, le *spectre* de la veille. Un couvercle étant tombé, le père de Lolotte aperçut un chat qui, s'étant effrayé, cherchoit à s'enfuir, tenant à sa gueule un morceau de viande qu'il avoit pris. Comme il importoit au papa de désabuser sa fille, il sauta légèrement du lit, et boucha la fenêtre. On réveilla la petite ; elle vit le chat, qui avoit encore son vol à la gueule. On lui apprit de plus que la veille, la bonne avoit trouvé la fenêtre ouverte, circonstance qui s'étoit échappée de sa mémoire.

Dès lors Lolotte fut guérie pour toujours de la peur des *revenans*. Dans la suite, lorsqu'elle entendoit du bruit, elle alloit voir, et touchoit la chose qui l'inquiétoit ; elle s'assuroit par-là qu'elle auroit eu tort de s'en effrayer. C'est ainsi que Lolotte, de poltronne qu'elle étoit, devint hardie et courageuse la nuit sans lumière.

Oh ! dit Mimi, quand sa maman eut achevé son histoire, je serois bien comme Lolotte ; je n'ai pas peur ! — Je te prends au mot, Mimi ; va me chercher mon mouchoir que j'ai laissé sur ma bergère, auprès de mon lit. Mimi y alla sur-le-champ, en riant de toutes ses forces. Elle ouvrit la porte de la chambre, et s'avançant hardiment, mais beaucoup trop vite, elle attrapa un tabouret qui se trouvoit sur son chemin, et tomba dessus, en jetant un cri ! Madame Belmont courut à elle avec une lumière, et la trouva tout en larmes ! T'es-tu blessée, ma fille ? lui demanda cette tendre mère ! — Non, maman. — Pourquoi pleures-tu donc ? — C'est que j'ai eu peur ! — Eh ! de quoi ? — Je n'en sais rien. — Tu as déjà oublié comment Lolotte s'est guérie de ses vaines frayeurs. Si d'abord tu eusses marché avec précaution, et qu'en heurtant le tabouret avec ton pied, tu y eusses porté la main, tu aurois vu qu'il n'avoit rien de redoutable. Allons, je vois que tu es encore trop enfant pour faire ton profit de la leçon que je t'ai donnée : remettons-en l'effet à un autre temps.

Piquée d'être appelée *enfant,* Mimi chercha mille prétextes dans la soirée pour aller sans lumière, dans le salon, dans la salle à manger, et dans les cabinets. Madame Belmont n'eut pas l'air de s'en apercevoir ; elle recommanda seulement aux domestiques de ne rien laisser sur le chemin de la petite qui pût lui faire du mal. Mimi étoit si fière de sa victoire, qu'il fallut se fâcher pour l'empêcher de courir de côté et d'autre dans les ténèbres, au risque de se casser la tête.

Toute joyeuse de s'être conduite ainsi, la petite pria sa maman de lui conter une histoire. — Il n'est pas encore huit heures, ma chère petite maman, lui dit-elle ; je ne me couche pas plutôt ; contez-moi une histoire, je vous prie. Madame Belmont devoit une récompense à sa fille pour avoir vaincu sa timidité.

— J'y consens, lui dit cette dame. Écoute :

Histoire de Maximilien.

Celui qui veut être heureux et contribuer au bonheur des autres, doit faire tous ses efforts pour pratiquer cette belle maxime : *Fais aux autres ce que tu voudrois qu'on fît pour toi-même.*

Je vais te raconter une histoire que j'ai lue quelque part, ma chère Mimi, qui te prouvera que Dieu récompense toujours les hommes pieux et bienfaisans, qui aiment leur prochain comme eux-mêmes.

On voit en Alsace un ancien château fort, appelé *Sternberg.* Il étoit habité autrefois par un riche comte, qui avoit un fils unique, objet de sa plus tendre affection.

Maximilien, c'étoit le nom de cet enfant chéri, étoit vif, aimable, actif, laborieux ; il mettoit son bonheur à se livrer à l'étude, à faire du bien aux pauvres, et à contenter son père et sa mère ; sa piété filiale le faisoit surtout admirer ; car il ne sembloit vivre que pour aimer ceux qui lui avoient donné le jour.

Maximilien qui, comme nous l'avons déjà dit, ne cherchoit qu'à s'instruire, aimoit surtout les livres de voyages. Lorsque le comte lui parloit des pays étrangers, des mœurs et des usages des peuples qui sont répandus sur la surface du globe, on voyoit la joie la plus vive se peindre sur le visage de cet enfant, qui témoignoit à son père le désir de voyager lorsqu'il seroit grand.

Le comte ayant des affaires qui l'appeloient à Paris, résolu d'emmener son fils, ce qui rendit cet enfant bien joyeux. Heureux au-delà de toute expression, il attendoit avec impatience le jour du départ. Ce moment si désiré arriva enfin.

Dès que le petit Maximilien eut perdu de vue le château de *Sternberg,* et qu'il fut arrivé à la première ville, il lui fut impossible de contenir sa joie : sa riante imagination lui peignoit des plus riches couleurs, les beaux pays qu'il alloit parcourir.

Lorsqu'ils furent éloignés d'une journée de *Sternberg,* ils prirent un chemin de traverse, qui les conduisit dans un bois fort épais, dans lequel ils s'égarèrent ; le jour étoit sur son déclin.

Arrivés au milieu de cette sombre forêt, ils furent entourés par des brigands, qui, d'un coup de pistolet, renversèrent d'abord le cocher ; les chevaux s'arrêtèrent.

Dans l'instant, six voleurs armés jusqu'aux dents se saisirent de la voiture, et massacrèrent le vieux comte qui, en brave militaire, leur vendit chèrement sa vie ; car il en blessa deux grièvement. Ils jetèrent hors de la voiture le pauvre Maximilien qui étoit légèrement blessé, et, pour ne laisser aucune trace de leur crime, ils mirent les deux cadavres dans le carrosse ; l'un d'eux monta sur le siège pour servir de cocher, et bientôt ils disparurent.

L'infortuné Maximilien pénétré de douleur, se trainoit çà et là, et conjurait à haute voix le Seigneur de vouloir bien le délivrer du danger où il étoit.

Un pauvre charbonnier, qui demeuroit dans cette forêt, entendit la voix plaintive de cet enfant. Cet homme avoit pour maxime de se conduire envers les autres, comme il désiroit qu'on se conduisît envers lui ; ainsi il ne délibéra pas longtemps sur le parti qu'il avoit à prendre. Il courut du côté d'où partoient les gémissemens, et trouva notre malheureux enfant, blessé et pouvant à peine se soutenir. L'honnête charbonnier mit de son mieux le premier appareil sur les blessures de Maximilien ; il le chargea ensuite sur ses épaules, et le porta à sa chaumière qui étoit à une demi-lieue, et située dans le plus épais du bois.

François, c'étoit le nom du charbonnier, avoit six enfans, qu'il ne nourrissoit qu'en se livrant chaque jour à un travail pénible ; mais il avoit appris de bonne heure à se contenter de peu, et à remercier Dieu des moindres faveurs qu'il en recevoit.

Ses enfans, élevés dans ses principes, étoient toujours joyeux. Nourris d'un pain noir et d'un peu de lait, ils s'estimoient plus heureux que des rois. Jamais l'envie, l'ambition, et les autres vices qui font le malheur de l'espèce humaine, n'étoient entrés dans leurs cœurs.

Arrivé à sa cabane, François déposa sur un banc le petit Maximilien, et dit à ses enfans : Je vous amène un frère, mes bons amis. Cet entant est bien malheureux ! des voleurs viennent d'assassiner son père, et lui-même seroit probablement mort cette nuit, si le hasard n'eût guidé mes pas dans l'endroit où il étoit. Joignez-vous à moi pour remercier Dieu du bonheur que j'ai eu de l'arracher au sort qui l'attendoit. Mon intention est de rendre cet enfant à ses parens si je puis les découvrir, sinon de le garder et de l'élever avec vous. Dites-moi, mes amis, l'aimerez-vous comme un frère ? Tous s'empressèrent de répondre : Oui, nous l'aimerons de tout notre cœur ! en même temps il lui prodiguèrent les caresses les plus touchantes, et lui dirent : Petit frère ; ne vous chagrinez pas, nous vous aimerons bien. Notre père vous aime déjà autant que nous ; il ne faut pas pleurer ! Maximilien s'efforça de retenir ses larmes pour ne pas affliger le bon François, et les bons frères que la fortune venoit de lui donner ; mais dans son cœur, il ne put se consoler de la mort affreuse de son respectable père !

Pendant que les enfans du charbonnier consoloient le petit comte, Anne, leur mère, et femme de François, arriva portant sur ses épaules une charge de bois sec. François la prit par la main, et lui raconta la triste aventure du jeune enfant : Tu vois, femme, ajouta-t-il, qu'il n'y avoit pas moyen d'abandonner ce petit dans un endroit si dangereux ! il sera le septième ; mais Dieu nous bénira à cause de lui ! Anne avoit un bon cœur ; elle dit à son mari qu'à sa place elle en auroit fait tout autant, et caressa le petit comte d'un air franc et ouvert, qui inspira de la confiance à cet enfant. Ainsi accueilli, Maximilien se livra peu à peu à ses nouveaux amis, et sa vive douleur fit place insensiblement à l'affection et à la reconnoissance pour la respectable famille qui l'avoit reçu dans son sein.

Cependant le bon François ne manqua pas de questionner Maximilien sur sa famille, et de tâcher de savoir de lui le nom de ses parens, dans l'intention de le rendre à sa mère ; mais ce jeune enfant, qui n'avoit jamais entendu appeler son père que monsieur le comte, ne put dire le nom de sa famille, ni l'endroit qu'elle habitoit ; il fallut donc renoncer à cet espoir, et attendre tout du temps.

Maximilien se trouvoit heureux chez le charbonnier. Dans le château de son père il n'avoit point été accoutumé à la délicatesse ; c'est pourquoi il s'habitua bien vite à la vie dure de ces pauvres gens. Ce bon petit comte partageoit, autant que ses forces pouvoient le lui permettre, les travaux de son père nourricier, et ceux de ses frères adoptifs ; aussi il étoit chéri de tous ! Anne bénissoit l'heure et le jour où il étoit entré dans la maison ! Maximilien, quoique fort jeune, étoit bien plus savant que ses frères ! aussi les soirs, quand la journée étoit finie, il leur racontoit quelques histoires qu'il avoit retenues du temps qu'il lisoit avec son père : c'étoient toujours de bons et honnêtes enfans, bien pauvres, qui, par leur application au travail, étoient ensuite devenus riches.

Le charbonnier admiroit le bon sens de cet enfant, et il étoit enchanté de son esprit.

Maximilien se distinguoit jusque dans ses jeux ; il formoit ses frères en les amusant. Quelquefois il leur apprenoit des chansons instructives à la portée des enfans ; enfin, s'étant procuré quelques livres, il acheva d'apprendre à lire et à écrire, et servit de maître à ses frères.

Notre jeune comte devint bientôt l'enfant chéri de cette pauvre famille, qui se faisoit un plaisir de partager avec lui un pain grossier, gagné par un travail opiniâtre et peu lucratif.

Maximilien oublia son premier état, mais il n'oublia ni son père, ni sa mère. Lorsque dans la solitude, il se représentoit le comte massacré par des brigands, des larmes brûlantes inondoient ses joues ; il élevoit les yeux et les mains vers le ciel, et prioit avec ferveur pour l'âme de ce père chéri ! Lorsque François le trouvoit occupé de ce pieux devoir, il prioit avec lui, et le consoloit de son mieux, en relevant son courage abattu, et en lui inspirant une grande confiance en Dieu...

Cependant la mère de Maximilien, n'ayant point reçu de nouvelles de son mari ni de son fils, étoit inconsolable ; elle se persuada qu'un voyage pourroit dissiper en partie ses chagrins, et peut-être lui faire retrouver ceux dont elle regrettoit tant la perte ; elle se mit donc en chemin. Le hasard voulut qu'elle entrât dans la même forêt où son mari avoit été assassiné.

La chaleur étoit excessive ce jour-là. La comtesse descendit de voiture pour se reposer un moment. Le premier objet qui se présenta à elle fut un jeune et joli enfant qui dormoit à l'ombre. Elle l'examina avec attendrissement, et se rappelant son fils, son visage se couvrit de larmes !

Cet enfant étoit le plus jeune des fils du charbonnier, qui, près de là, s'occupoit à faire des fagots. Henri, c'étoit le nom de l'enfant, se réveilla, et parut étonné de voir une belle dame à côté de lui. La comtesse le prit dans ses bras, lui fit mille caresses, et lui donna une pièce d'or.

Le charbonnier étant venu sur ces entrefaites, la comtesse s'adressa à lui : Je suis riche, lui dit-elle, je n'ai point d'enfant ; donnez-moi celui-ci, je le ferai élever avec soin, et j'assurerai son bonheur, en un mot, je le regarderai comme mon fils.

Ce que vous me proposez, Madame, répondit François, mérite toute ma reconnoissance ; mais, grâce à Dieu, mes enfans ont en moi un père qui bien qu'en travaillant peut leur donner du pain. Tant que je vivrai, je ne m'en sépareroi point, et je tâcherai d'en faire de bons et laborieux cultivateurs. Souffrez donc, Madame, que je garde mon Henri. Mais, pour répondre à votre désir, je puis vous faire voir un aimable jeune homme, qui n'est point mon fils, et que j'aime comme s'il m'appartenoit. Cet enfant a perdu son père ; il a été élevé dans l'abondance, et mérite un sort plus brillant que celui que je peux lui offrir : prenez-le avec vous ; le Seigneur récompensera votre générosité par d'abondantes bénédictions. Où est cet enfant ? demanda la comtesse ; montrez-le moi. François répondit à cette dame qu'il alloit paroître dans le moment ; aussitôt la femme du charbonnier amena Maximilien. La comtesse ne l'eut pas plutôt vu, que le reconnoissant pour son fils, elle fut sur le point de tomber en faiblesse. De son côté, Maximilien vola dans les bras de sa mère, et passant ses deux bras autour de son col, il la serra tendrement, et mouilla son visage de ses larmes. La comtesse et son fils restèrent longtemps embrassés ; la joie, le saisissement, de tristes souvenirs causés par l'assurance de la perte du comte, les empêchoient de s'exprimer autrement que par des caresses et des larmes. Le bon charbonnier et sa femme, présens à ce spectacle, étoient émus jusqu'au fond de l'âme.

Enfin, lorsqu'elle put parler, la comtesse dit : Je vous rends grâce, mon Dieu, de m'avoir fait retrouver mon enfant ! je mourrai contente, à présent que je l'ai vu ! faites, Seigneur, qu'il croisse en vertu et en sagesse : rendez-le heureux et honnête homme !

Après cette courte et fervente prière, la comtesse s'adressa au charbonnier et à sa femme ; elle les remercia des soins qu'ils avoient donnés à son fils et leur fit promettre de se rendre avec leur famille au château de *Sternberg*, pour y passer leurs jours.

François donna sa chaumière à un pauvre fendeur de bois, qui jusqu'alors l'avoit haï, et lui avoit fait tout le mal dont il avoit été capable. Le charbonnier suivoit cette belle maxime : *Ne vous vengez jamais qu'à force de bienfaits*. Un honnête homme n'a pas de plus grande satisfaction que de faire du bien à son ennemi.

François se rendit avec sa famille, au château de *Sternberg*, non pour y vivre dans la mollesse, mais pour se rendre utile à la reconnaissante dame, qui le traitoit avec tant de bonté. La comtesse fit élever les enfans du bonhomme avec tout le soin possible, sans cependant les sortir de leur état. Elle en fit des laboureurs instruits et aisés, selon le vœu de leur père, qui n'auroit jamais consenti à les voir changer de condition ; car il avoit su résister par sagesse aux propositions brillantes du jeune Maximilien, qui vouloit faire un partage égal de sa fortune entre ses frères, et leur donner dans le monde un état honorable.

Le jeune comte n'oublia jamais les bienfaits du charbonnier ; il l'aima toute sa vie avec tendresse, et remplit à son égard tous les devoirs d'un bon fils envers son père.

On apprit dans la suite que les voleurs qui avoient assassiné le vieux comte avoient péri sur un échafaud. C'étoient la plupart des enfans de bonne famille, qui, dans leur première jeunesse, avoient été paresseux, désobéissans, menteurs ; ils n'avoient jamais eu de respect pour leurs parens, ni de crainte de déplaire à Dieu. Ils commencèrent à voler pour satisfaire leur gourmandise, ensuite pour jouer avec leurs camarades ; enfin, étant devenus odieux à leurs pères et mères qui les voyoient se perdre tous les jours, ils s'échappèrent de la maison paternelle, et s'associèrent à des brigands.

Quand madame Belmont eut fini l'histoire de Maximilien, elle dit à Mimi qu'il étoit temps de s'aller coucher ; Mimi en eut du chagrin. « Va, ma bonne, lui dit cette dame, je te promets pour demain une histoire beaucoup plus longue : c'est celle de Zozo. – Celle de Zozo, maman ! Zozo a une histoire ! ha ! c'est bien drôle ! – Oui, l'histoire de Zozo... Avant de venir ici, ta poupée a appartenu à plusieurs petites demoiselles. Je te conterai les raisons que l'on a eues pour la donner, et comment elle est sortie de leurs mains. Tu pourras profiter de leur exemple.

Ah ! je vois, c'est plutôt l'histoire des petites demoiselles que celle de Zozo. – Tu as trop d'esprit pour en juger autrement ; à demain donc : j'espère que tu ne t'ennuieras pas.

Le lendemain, Mimi ne manqua pas de prier sa maman de remplir sa promesse. – L'histoire de Zozo, ma petite maman, je vous en prie ! – Je le veux bien, Mimi ; mais il faut lire au paravant ; ensuite nous prendrons chacune notre ouvrage, et je te raconterai les aventures de Zozo. Mimi lut parfaitement bien. Elle apporta sa petite chaise et son ouvrage ; et s'étant mise à travailler, madame Belmont commença ainsi :

* * * * *

HISTOIRE DE LA POUPÉE.

TA poupée, ma chère Mimi, a été faite à Lyon. Elle a été commandée exprès ; elle a coûté beaucoup d'argent. Zozo avait une garde-robe complète, un lit comme une grande demoiselle, une commode pour serrer ses affaires : c'étoit pour une petite fille un présent considérable ; car indépendamment de toutes ces choses, Zozo avoit des boucles d'oreilles de perles fines, un collier pareil, une robe superbe, et le reste de sa toilette de même ; parce que la grande dame qui l'avoit fait faire désiroit que toute cette parure servît à la petite demoiselle à laquelle elle la destinoit ; c'est pourquoi Zozo est aussi grande que toi.

Tout le temps que cette élégante poupée fut chez la marchande, on venoit la voir des quatre coins de la ville ; car jamais personne ne s'étoit avisé de mettre tant d'argent pour un simple joujou ; mais la dame qui vouloit faire ce présent avoit l'intention de récompenser le mérite d'une petite fille qui fut un modèle de piété filiale.

C'est de cette enfant dont tu vas entendre l'histoire.

Eugénie, première maîtresse de Zozo.

Il y avoit dans les prisons de cette ville, un Monsieur d'un grand mérite, persécuté injustement. Sa famille l'alloit voir ; mais, dans la crainte de paroître suspecte, elle n'osoit pas se rendre à la prison aussi souvent qu'elle l'auroit voulu. Une petite fille de cinq ans prit sur elle de donner à son malheureux père les consolations qui étoient en son pouvoir, jusqu'au moment qui devoit décider de son sort.

Elle alloit chaque jour, matin et soir, visiter son père. Leste, caressante, pleine de saillies, et de la plus jolie figure du monde, cette charmante petite ne manquoit jamais à ce devoir. C'est vainement que les guichetiers lui résistaient ; elle parvenoit à les fléchir par ses instantes prières. Quand elle étoit refusée net, elle attendoit patiemment un moment favorable, et parvenoit à entrer en se glissant sous les bras de ceux qui se présentoient. Alors courant à toutes jambes, tout essoufflée, elle alloit trouver son père qu'elle caressoit, qu'elle embrassoit mille fois, avec lequel elle rioit et pleuroit tour à tour. Cette aimable enfant sembloit avoir conçu toute la profondeur de l'infortune qui accabloit son père, et la nécessité de le soustraire à ses chagrins ; elle lui racontoit tout ce qu'elle avoit pu recueillir de plus intéressant, et les petites anecdotes de sa famille, qui pouvoient l'arracher à sa douleur. Cette aimable petite étoit devenue un objet d'attente et de distraction pour tous les prisonniers. En sortant, elle se chargeoit de faire leurs petites commissions, et les laissoit dans l'admiration d'une tendresse filiale, qui, pour être précoce, n'en réunissoit pas moins tous les caractères qui rendent cette vertu aussi intéressante qu'honorable.

Madame la princesse de ***, qui s'intéressoit au prisonnier eut assez de pouvoir pour lui faire rendre justice. Elle accabla la chère petite des plus tendres caresses, et lui envoya la belle et riche poupée qu'elle avoit fait faire à son intention, afin de récompenser son attachement pour son père ; mais l'aimable enfant l'eut à peine reçue, que de nouvelles persécutions forcèrent son père et sa mère d'abandonner leur pays. La petite fille laissa sa belle poupée à une de ses parentes, dont je vais te parler à présent. Mais comment trouves-tu la première maîtresse de Zozo ? – Oh ! maman, une petite fille bien gentille ! Je voudrais bien lui ressembler ! elle aimoit bien son papa ! Moi, j'aime bien aussi le mien ; mais je n'aurois pas autant d'esprit qu'elle ! – Tu en aurois de même, Mimi, si tu nous aimois tendrement, et que nous fussions en danger. – Oh ! maman, si je vous aime ! en pouvez-vous douter ? – Non, ma bonne amie, je n'en doute pas : ma petite fille, que je chéris, pour laquelle je sacrifie tout, ne peut pas être une ingrate ! Voyons en quelles mains Zozo est tombée.

Coralie, deuxième maîtresse de Zozo.

Coralie avoit sept ans ; elle étoit fille d'un riche seigneur ; elle unissoit les dons de l'esprit et du cœur, à une figure charmante. Un cœur excellent, une grande sensibilité, une grande douceur de caractère, la faisoient particulièrement remarquer. Extrêmement caressante, on ne pouvoit se défendre de l'aimer ; mais son plus bel éloge, c'est d'avoir porté si loin son amour pour sa mère, qu'il l'a conduite au tombeau.

Le père de Coralie, méchant et d'une très mauvaise conduite, enferma sa femme dans une tour de son château. Après avoir fait murer les fenêtres de son appartement, il ordonna qu'on le tendît de noir et qu'on y suspendît une lampe. La malheureuse dame, abandonnée sans consolation, dans cette espèce de tombeau, n'avoit pour nourriture que du pain, qu'elle arrosoit de ses larmes. Pour comble de malheur, son méchant mari lui ôta sa fille, son unique société, et le seul être qui l'attachât encore à la vie !

Coralie, qui aimoit sa mère avec passion, osa dire à son père :

« Tu n'es plus mon papa !... Puisque tu tourmentes maman, et que tu me l'ôtes, je ne veux plus être ta fille !... »

Surpris et irrité de la déclaration franche et naïve de sa fille, ce père violent la maltraita sans pitié, et peu s'en fallut qu'il ne la tuât ; mais la petite souffrit avec courage ses mauvais traitemens, et lui dit sans s'effrayer : « Si tu me sépares de ma chère maman, j'aime mieux mourir tout à l'heure ! »

Tant de fermeté de la part d'une enfant de sept ans, étonna M. de ***. Il cessa de maltraiter sa fille, et chercha à la gagner par la douceur ; mais Coralie ne céda ni aux caresses, ni aux menaces ; elle demandoit sa mère avec l'accent du désespoir, et ses larmes ne cessoient point de couler ; elle fut deux jours sans vouloir prendre aucune nourriture.

Cet époux barbare aimoit sa fille ; il craignit de la perdre, et la rendit à sa mère. La vue de cette enfant chérie ranima l'infortunée dame ; elle pressa Coralie sur son cœur, et mêla ses larmes à celles de sa chère fille !... Le père de Coralie l'avoit blessée à la tête en plusieurs endroits ; les baisers de sa mère suffirent pour guérir ses blessures ; mais son cœur se soulevoit au seul nom de celui qui les faisoit tant souffrir ! C'étoit en vain que sa mère lui disoit qu'une fille ne peut pas, qu'elle ne doit pas haïr son père, quels que soient ses torts ; la vue de sa mère dans les larmes et dans la douleur l'affectoit trop fortement pour que la raison se fit entendre chez elle. Les méchans ne sont jamais heureux, M. de *** tourmentoit sa femme injustement ; mais il étoit lui-même fort à plaindre, parce qu'il savoit qu'elle le haïssoit. L'éloignement de sa fille pour lui faisoit aussi son supplice. Pour lui paroître moins odieux, il lui envoya sa belle poupée et tous ses joujoux ; mais Coralie, occupée de sa mère, ne les regarda pas. Comme cette infortunée, elle ne vivoit que de pain et d'eau ; elle avoit à peine de quoi se vêtir, et pour se reposer que les genoux et les bras flétris de sa malheureuse mère !

Sitôt que Coralie fut sûre de rester avec sa mère, elle oublia les horreurs de sa prison ; elle ne pensa plus qu'elle étoit privée des choses les plus nécessaires à la vie. Jour et nuit auprès de celle qu'elle chérissoit, elle vit renaître sa gaieté naturelle, s'appliqua à ce qui pouvoit plaire à son unique amie, et la consola de son mieux. Coralie sautoit à chaque instant au col de sa mère, et la serrant avec de vives étreintes dans ses bras, elle s'écrioit avec l'accent de la joie et du ravissement : « Maman !... nous voici donc ensemble ! je suis donc avec toi ! »

Oh ! qu'il est consolant pour une bonne mère d'avoir une enfant qui réponde à sa tendresse ! Près de sa chère Coralie, madame de *** sentoit moins les horreurs de sa nouvelle situation ; et les naïves caresses de sa fille répandoient au fond de son cœur un baume vivifiant qui la rappeloit à la vie. Résolue de prolonger sa pénible existence pour sauver celle de sa fille bien aimée, elle imagina ce qu'elle put pour la distraire.

Le désœuvrement et l'ennui sont des maux insupportables. Madame de *** y remédia, en occupant sa fille tantôt à lire, et tantôt à coudre. Lorsque Coralie vint s'enfermer avec sa mère, elle n'avoit encore presque rien appris ; mais son amie chérie devint son institutrice, et ces leçons données et reçues par l'amitié profitèrent à l'enfant au-delà de toute espérance.

« Ma bonne amie, dit un jour madame de *** à sa fille, à présent tu sais assez bien lire, mais je désirerois que tu apprisses à écrire ; dès que tu le sauras, tu écriras une lettre bien touchante à ton papa : peut-être le fléchirons-nous ainsi, et il nous fera sortir de ce tombeau. »

Il n'en falloit pas davantage pour engager Coralie à écrire. L'espoir d'abréger les souffrances de sa mère lui donna une activité surprenante : cette enfant sensible s'appliqua de tout son cœur ; elle passoit même plusieurs heures de la nuit à former des caractères ; et, du moment où elle put tracer des mots, elle écrivit sous la dictée de sa mère une lettre à son papa, simple, soumise, et infiniment touchante. Cette lettre, envoyée sur-le-champ, resta sans réponse ; il en fut de même de plusieurs autres.

Cette tentative, sur laquelle madame de *** fondoit son espoir, ayant été infructueuse, elle se laissa abattre ; une noire mélancolie s'empara de son âme, et sa douleur passa rapidement dans le cœur de sa fille infortunée.

Il y avoit près de deux ans que Coralie étoit enfermée avec sa mère, lorsqu'elle écrivit à son papa.

Jusqu'à cette époque, cette chère enfant avoit conservé sa gaieté et sa force : le bonheur d'être sa mère, et la légèreté ordinaire à cet âge avoient soutenu sa santé, malgré le défaut d'air et la mauvaise nourriture ; mais quand la pauvre petite eut aperçu l'état de langueur de sa mère ; quand elle la vit sans cesse dans les larmes, et n'ayant plus un moment de repos, une tristesse profonde s'empara d'elle à son tour : son appétit disparut ; elle maigrit à vue d'œil ; elle n'eut plus de sommeil, plus d'intérêt pour rien, si ce n'est pour cette tendre amie à qui elle devoit le jour, et dont elle partageoit le sort si courageusement.

Une nuit, Coralie, plus accablée qu'à l'ordinaire, eut un songe qui enflamma son sang ; elle crut voir entrer des bourreaux dans la tour, qui venoient ôter la vie à sa mère. Elle se réveilla en sursaut, et s'écria : Ne faites pas mourir maman !... Des larmes amères inondoient ses joues, et une fièvre brûlante s'étoit emparée d'elle. Quand elle fut bien réveillée, cette sensible enfant porta ses mains sur le corps et sur la figure de sa mère ; ne la sentant pas remuer, elle jeta des cris perçans, et s'écria avec l'accent du désespoir : « Maman ! ma chère maman ! est-ce que tu es morte ? »

Sa mère la prit dans ses bras, et la couvrit de baisers. Sois tranquille, chère enfant, lui dit-elle, et calme-toi ; je me porte bien.

Hélas ! dit l'enfant, ils étoient là ; je les ai vus ; ils vouloient te faire mourir ! Oh, maman ! le vilain rêve ; et elle le lui raconta. Madame de *** mit tout en œuvre pour rassurer sa chère enfant ; elle lui fit sentir qu'un rêve n'étoit point fait pour alarmer ; mais la tendre Coralie craignoit pour sa mère, et son cœur étoit oppressé ; elle poussoit des soupirs, et serroit fortement sa mère contre sa poitrine, comme pour la garantir du danger qui la menaçoit. – Écoute, maman, que je te dise. – Parle, chère enfant. – Je voudrois mourir, moi. – Eh ! pourquoi ? tu voudrois donc me quitter ? – Maman, c'est que je ne puis te voir souffrir comme cela : bien vrai, nous serions plus heureuses d'être mortes toutes deux. – Tu as bien raison, dit madame de *** fondant en larmes !... – Maman, donne-moi ta main... je sens que mon cœur s'en va... baise-moi encore, et... mourons ensemble... À ces paroles, la pauvre petite rendit en effet le dernier soupir, sur le sein de sa mère évanouie...

Madame de *** chercha à réchauffer le corps glacé de sa chère enfant ; elle l'appela mille fois avec le cri du désespoir. Mais, hélas ! sa jeune compagne étoit perdue pour elle !...

Après l'avoir baignée de ses larmes, et couverte de ses derniers baisers, cette malheureuse mère déchira un pan de sa robe, et elle ensevelit le corps de sa chère enfant. Ainsi finit à l'âge de neuf ans, la plus intéressante petite fille que le ciel eût jamais formée.

Pendant tout ce récit, Mimi n'avoit pu travailler, et ses larmes avoient coulé plus d'une fois. La mort de Coralie lui fit pousser des sanglots, et sa mère fut presque fâchée de lui avoir raconté cette histoire, un peu forte pour son âge ; cependant comment résister au désir d'apprendre à sa fille qu'il existe des enfans qui ont pour leurs pères et mères une tendresse passionnée ?... Mimi, ayant essuyé ses yeux, demanda à sa maman, si la mère de Coralie vivoit encore ? – Non, ma fille : cette tendre mère mourut de douleur d'avoir perdu son enfant chérie,... Crois, ma petite, que la tendresse d'une mère surpasse encore celle de ses enfans, quelque grande qu'elle soit !... Mais laissons là un sujet si triste, et passons à la troisième maîtresse de Zozo. M. de *** ne voulant rien voir de ce qui avoit appartenu à sa fille, qu'il regrettait sincèrement, envoya sa garde-robe et ses joujoux, à une de ses nièces, qui ne demeuroit point dans la même ville.

Maria, troisième maîtresse de Zozo.

La jeune cousine de Coralie se nommoit *Maria*. Son père et sa mère qui connoissoient le prix de l'éducation, lui donnèrent de bonne heure les meilleurs maîtres. Elle apprit à lire sans dégoût et sans ennui, avec des caractères de l'alphabet tracés séparément sur autant de petits morceaux de carton qu'il y a de lettres. Par ce moyen facile et ingénieux, Maria, à trois ans, lisoit très-bien, et savoit orthographier tous les mots qui sont d'un usage commun. À quatre ans, cette charmante petite savoit passablement la langue française, la mythologie, la géographie et les principaux traits de l'histoire générale. Sa modestie, sa douceur égaloient ses heureuses dispositions ; elle parloit peu, et attendoit toujours qu'on l'interrogeât, sans faire parade de son savoir, quoiqu'elle eût la mémoire ornée de quantité de morceaux choisis en vers et en prose.

Malgré son goût pour l'étude, elle avoit la gaieté qui convenoit à son âge : ses réparties étoient vives, spirituelles, mais la qualité qui la faisoit le plus chérir, c'étoit son extrême sensibilité, fort au-dessus de son âge. Cette qualité du cœur qu'elle possédoit dans un degré, éminent, faisoit dire à sa mère, que sa fille seroit bien malheureuse !...

Ce fut l'éloge soutenu que M. de *** entendit faire de cette aimable enfant, qui la lui fit choisir pour lui envoyer la belle poupée de sa fille.

Le présent de M.*** fut accueilli comme il le méritoit. La poupée plut beaucoup à l'enfant, mais elle n'y toucha pas ; car à peine l'eut-elle reçue, qu'elle fut attaquée d'une maladie longue et douloureuse.

Maria souffroit des douleurs aiguës ; mais elle dévoroit ses larmes, pour ne pas affliger les femmes qui la servoient ; et cette aimable petite créature consoloit encore sa mère : « Ne pleurez pas, ma chère maman, lui disoit-elle, j'irai prier pour vous. Dans le ciel, ma petite maman, je ne souffrirai plus. » Heureusement cette charmante petite fille revint à la vie, pour faire le bonheur de sa tendre mère, par sa douceur et sa sagesse. Afin de hâter son rétablissement, on la mena à la campagne. C'étoit au commencement de l'été. La petite n'emporta aucun joujou ; sa mère vouloit qu'elle fût sans cesse dans les champs, pour respirer un air pur qui fortifiât son tempérament. Maria, qui passa plusieurs années à la campagne, étoit trop âgée, lorsqu'elle revint à la ville pour jouer à la poupée ; sa maman la donna à une riche marchande de sa connoissance, dont la fille, appelée Fortunée, n'avoit que cinq ans.

Fortunée, quatrième maîtresse de Zozo.

Jusque-là, Zozo s'étoit toujours trouvée avec des enfans extrêmement raisonnables ; elle n'avoit point été déshabillée ; son trousseau, renfermé dans sa petite commode, étoit toujours dans le meilleur état ; son lit bien blanc et bien propre. Mais Fortunée devoit lui faire subir plus d'une métamorphose. Enchantée d'abord en voyant la belle poupée, la petite la tourna en tous sens ; ensuite elle lui ôta son chapeau, sa robe, puis elle la coucha ; puis elle examina ce qui étoit dans la commode, développa tout, coupa, hacha ; tout cela fut l'affaire d'un quart d'heure. À voir comme Fortunée y alloit, il est à croire qu'au bout de huit jours, Zozo auroit été brisée si elle fût restée entre ses mains. Mais il faut que je te fasse connoître cette petite fille.

Fortunée étoit volontaire, gourmande, babillarde, menteuse, importune, haute et colère à l'excès. Elle trépignoit des pieds quand on lui refusoit quelque chose, battoit sa *bonne*, et répondoit à sa mère avec impertinence. Malheureusement la maman de Fortunée la gâtoit ; elle excusoit les vilains défauts de sa fille, et les traitoit d'enfantillage. Sa faiblesse fut cause que la petite devint de plus en plus méchante, opiniâtre, et fit enfin un mauvais sujet.

Cette mère, sans jugement, s'attacha à faire briller sa fille ; elle lui donna de très bons maîtres pour la musique et pour la danse, avant de lui faire apprendre à lire. À six ans, Fortunée dansoit de manière à étonner ; elle touchoit agréablement du piano, mais elle connoissoit à peine ses lettres.

Encouragée par les éloges qu'elle recevoit sans cesse, l'enfant devint très habile musicienne. Elle parut à la cour, et s'y fit admirer. Mais ses succès même lui firent du tort : cette petite se crut un prodige. Enivrée des louanges qu'on lui prodiguoit, son orgueil la rendit insupportable !... Aussi ignorante sur les choses vraiment utiles, que savante à former des pas, et à exécuter un morceau de musique, Fortunée n'avoit aucune idée des premières connoissances qui font la base de l'éducation ; elle ne savoit pas non plus travailler.

Sa mère, qui aimoit à la faire paraître dans le grand monde, négligea son commerce, et dépensa beaucoup d'argent pour se mettre, elle et sa fille, avec la dernière élégance. Insensiblement, elle dissipa sa fortune et se ruina entièrement.

Quand Fortunée n'eut plus le moyen de paroître pour faire étalage de ses talens, on l'oublia tout à fait. Elle fut forcée de rester auprès de sa mère, qui, obligée de travailler pour vivre, regretta amèrement de n'avoir pas donné à sa fille, au lieu de danse et de musique, un talent qui pût la faire subsister.

Incapable d'aider sa mère en travaillant, Fortunée lui donnoit encore beaucoup de chagrin par ses mauvaises qualités. Son orgueil se révoltoit de ce qu'elle étoit obligée de se livrer aux détails du ménage, car tu penses bien qu'on avoit renvoyé les domestiques. Cette belle demoiselle s'ennuyoit de ne plus aller au bal, dans les assemblées, de n'être plus fêtée comme dans le temps qu'elle étoit riche ; elle montroit beaucoup d'humeur, répondoit mal à sa mère, et lui reprochoit durement le malheur qui les accabloit.

La douleur d'avoir une fille si dénaturée, et le chagrin de ne pas avoir formé son cœur, au lieu de lui donner des talens agréables, conduisirent cette mère au tombeau. Fortunée, qui ne savoit rien faire, tomba dans une misère affreuse, et, pour comble de maux, personne ne la plaignit. Voilà ce qui arrive, lorsqu'on néglige d'acquérir dans l'enfance des talens utiles, et d'orner son âme de vertus.

Quant à Zozo, d'abord Fortunée en fut dans l'enthousiasme, comme je te l'ai dit ; mais bientôt elle la laissa pour les concerts dont elle faisoit l'ornement, et où sa vanité étoit satisfaite. Lorsque sa mère vendit ses meubles et ses marchandises pour payer ses dettes, une dame fort riche acheta la belle poupée pour sa fille. Elle chargea une marchande de modes de l'habiller de neuf, et Zozo, plus belle que jamais, passa dans les mains de sa nouvelle maîtresse.

Lorsque madame Belmont eut fini, Mimi fit une petite grimace, qui témoignait qu'elle trouvoit cette histoire moins jolie que les autres. – Je crois, lui dit sa maman, que ma petite musicienne n'a pas le bonheur de te plaire ? – Non, maman ; je n'aime pas du tout cette Fortunée, si vaine, et qui cependant ne sait ni lire, ni travailler ; j'en sais plus qu'elle, moi, puisque je lis dans tous les livres et même dans l'écriture, et sans être orgueilleuse encore !... Si vous n'aviez pas d'argent, je pourrois faire comme Blanche, la petite marchande ; j'ourlerois des mouchoirs, et je gagnerois quelque chose. – Oui, dit madame Belmont, tu ferois deux ourlets par jour, tout au plus, ce qui feroit un sou : nous irions loin avec *cet argent !*... Profite, ma chère enfant, du triste sort de la petite dont je viens de te conter l'histoire ; applique-toi, emploie ton temps, et remercie le bon Dieu de t'avoir donné un père et une mère qui te donnent une éducation solide, et qui travaillent à corriger tes défauts. Écoute à présent l'histoire de Céleste, cinquième maîtresse de *Zozo*.

Histoire de Céleste.

Céleste étoit fille d'un grand seigneur, qui voulut lui-même veiller à son éducation.

Céleste avoit une figure charmante, mais c'étoit le moindre de ses avantages ; excellent naturel, docilité, amour de l'étude, générosité, sensibilité exquise, discrétion, piété filiale, patience héroïque dans la douleur, élévation d'âme : cette étonnante petite fille réunissoit tout ; elle avoit toutes les perfections.

Le père et la mère de Céleste passoient une grande partie de l'année à la campagne, parce que la santé chancelante de madame d'Avriller l'exigeoit ; c'est pourquoi son mari, homme très instruit, se faisoit un plaisir de seconder le précepteur de ses enfans, en leur donnant lui-même d'excellentes leçons.

Céleste avoit deux frères, beaucoup plus jeunes qu'elle, et dont elle s'occupoit comme la mère la plus tendre. Assise tranquillement avec sa poupée, elle les surveilloit, ou se mêloit à leurs jeux avec une complaisance charmante.

Douée des plus heureuses dispositions, Céleste ne pouvoit manquer d'être parfaitement instruite, ayant son père pour instituteur. Elle apprit la musique et le dessin pour lui servir de délassement, mais sans avoir le projet de perfectionner ces talens, parce que, malgré sa jeunesse, toutes les heures de la journée étaient prises, et qu'elle avoit peu de temps à leur donner.

Céleste avoit le bonheur d'avoir une excellente gouvernante, sage, laborieuse, adroite, qui lui apprit à faire plusieurs ouvrages de son sexe. Bientôt cette jeune personne broda mille jolies choses pour ses parens et pour elle-même ; et quoiqu'elle eût une femme de chambre, elle se coiffoit et s'habilloit seule, en disant qu'on avoit reçu de la nature des mains pour s'habiller comme des pieds pour marcher. Bien loin d'être à charge aux domestiques, Céleste donnoit tous ses soins à ses jeunes frères, et leur servoit de gouvernante ; elle manqua même d'être la victime de son dévouement pour eux.

Céleste avoit coutume d'aller tous les jours avec ses frères et sa gouvernante, dans une campagne voisine de leur château. Les enfans jouoient sur l'herbe, cueilloient des fleurs, dont Céleste formoit des guirlandes, et la gouvernante tenant un livre, l'oublioit le plus souvent pour admirer l'innocent badinage de ces aimables enfans.

Pendant une absence que fit M. d'Avriller, Céleste proposa à sa gouvernante d'aller se promener dans un grand bois, à une demi-lieue du château, pour y goûter avec ses frères. Le jour pris pour cette partie de plaisir, le temps étant superbe, la petite société se mit en marche avec la gaieté de cœurs satisfaits, qui volent à de nouvelles jouissances.

Rendue au lieu désiré, la petite famille s'assit en rond sous un chêne touffu, et fit un repas champêtre qui lui parut délicieux.

Pendant que ces aimables enfans se livroient sans contrainte à toute la folie de leur âge, le ciel s'obscurcit et le tonnerre se fit entendre ; aussitôt les jeux cessèrent, et tous s'empressèrent de chercher un abri.

À peine furent-ils hors de la forêt, qu'il s'éleva une tempête effroyable : un vent impétueux déracina les arbres ; l'air étoit obscurci de feuilles et de poussière ; les enfans ne voyoient pas devant eux. Poussée en sens contraire par la force du vent, la petite famille s'armoit de courage, mais il l'abandonna tout à fait quand elle entendit au loin voler en éclats les cabanes des paysans, et qu'elle vit la foudre tomber à ses pieds.

Les enfans épouvantés sentirent leurs genoux se dérober sous eux ; la frayeur les saisit tellement, qu'ils leur fut impossible d'avancer. Cependant il falloit se hâter ; la pluie, qui ne tomboit pas encore, menaçoit de les percer jusqu'aux os. La gouvernante prit l'aîné des garçons dans ses bras, et Céleste le cadet ; ainsi chargées, elles s'empressèrent de regagner le château.

Mais bientôt une pluie semblable à un déluge inonda les champs, et en fit une espèce de lac. Céleste et sa gouvernante, ayant leurs vêtemens trempés, marchoient dans l'eau, sans savoir où porter leurs pas ; car les chemins, les plaines, les prairies ressembloient à une vaste mer, dont on ne voyoit pas l'issue.

Pour comble de malheur, avant d'arriver au château, il falloit passer un ravin, qui alors se trouvoit grossi considérablement par la pluie d'orage. Céleste et sa gouvernante sentirent la nécessité de le passer avant qu'il augmentât : elles y entrèrent avec courage, luttant contre les flots, et oubliant le danger qu'elles couroient pour ne s'occuper que des enfans qui, extrêmement effrayés, se débattoient et jetoient les hauts cris.

Près d'être engloutie vingt fois dans ce gouffre, Céleste ne perdit point la tête ; elle sortit du ravin, exténuée de fatigue et toute trempée, et regagna la maison avec ses frères ; mais dans quel état, grand Dieu !... Dès qu'elle se fut reposée, elle eut une fièvre brûlante, avec des accès de transports. Elle s'écrioit alors : « Ne soyez pas en peine, mon papa, maman ! j'ai sauvé mes petits frères... ne soyez pas en peine, je me porte bien aussi. » Mais cette chère enfant étoit attaquée d'une fluxion de poitrine qui fit craindre pour ses jours.

Quelle douleur pour son père et sa mère ! cette fille chérie, qui devoit être l'ornement et la consolation de leur vieillesse, alloit peut-être leur être ravie au moment où ils connoissoient tout son mérite ! Malgré ces pensées déchirantes, M. et madame d'Avriller eurent le courage de modérer leur affliction, pour que Céleste ne se doutât pas du danger où elle étoit.

À force de soins, la chère enfant se rétablit ; elle fut plus que jamais la gouvernante de ses frères, sur lesquels elle croyoit avoir acquis des droits, depuis l'aventure de la forêt. Céleste leur apprit à lire : jusqu'à l'âge de huit ans, ils n'eurent point d'autre instituteur. Il falloit voir la patience de cette jeune personne, sa douceur, sa complaisance pour ses élèves ; c'étoit un coup d'œil ravissant !

Ces deux petits avoient un bon cœur ; ils s'attachèrent à Céleste, et leur docilité la paya amplement des peines qu'elle se donnoit pour leur éducation. Il auroit fallu qu'ils fussent bien ingrats pour ne pas aimer une si bonne sœur qui, toujours prête à les excuser lorsqu'ils étoient pris en faute, leur évitoit le long du jour toutes sortes de petits chagrins par sa prévoyante tendresse !

Une bonne conduite trouve tôt ou tard sa récompense. Céleste eut, dans ses deux frères, des amis solides, qui ne l'abandonnèrent jamais. Heureuse par les auteurs de ses jours qui la chérissoient, et par l'affection sincère de ceux qui lui devoient tout, cette jeune personne n'eut rien à désirer. Outre cela, elle jouit de l'estime des honnêtes gens, chose précieuse pour ceux qui ont un peu d'âme.

C'est déjà fini, maman ? dit Mimi à madame Belmont.
– Oui, ma fille. Comment trouves-tu Céleste ? – Ah ! c'est une demoiselle bien aimable ; je voudrois qu'elle fût de mon âge, j'en ferois ma petite amie. – Mais tu n'aurois pas ta belle poupée.

– J'en aurois une autre. – Pas aussi belle ; car je regrette beaucoup l'argent employé à ces sortes de choses. – Eh bien ! maman, je m'amuserois de même avec une poupée ordinaire, et j'aurais une amie qui m'apprendroit à être bonne comme elle ; vous seriez toujours contente de moi. – Viens m'embrasser, ma chère enfant ! ta réponse me prouve que mes peines ne sont pas perdues, et que ton cœur est excellent : tu es une aimable petite fille !

Lorsque Céleste, tomba malade, il y avoit longtemps qu'elle ne jouoit plus à la poupée. Ses frères prenoient une grande partie de sa journée, le reste étoit pour l'étude. Si cette bonne sœur avoit un moment de loisir, elle le donnoit encore à ses chers élèves, en se mêlant à leurs jeux, et en se mettant à leur portée pour leur plaire davantage.

Céleste donna sa poupée à la fille du receveur de la ville où elle demeurait, comme une preuve de son amitié pour elle, et une récompense des belles actions que l'on citoit d'elle chaque jour.

Lucile, sixième maîtresse de Zozo.

Le père de Lucile n'avoit point de fortune, mais il étoit honnête homme, et lui donna une bonne éducation. Il avoit remarqué que sa fille avoit un caractère très décidé, avec un cœur sensible, et il employa la douceur, les caresses et le sentiment pour obtenir d'elle ce qu'il désiroit ; il eut la satisfaction de s'en voir respecté et chéri.

La mère de Lucile aimoit sa fille sans doute, mais cet amour n'étoit ni raisonnable, ni éclairé ; elle la grondoit sévèrement pour des bagatelles, et lui passoit des fautes graves. Souvent cette mère capricieuse l'accabloit de caresses sans raison, sans motif, et la repoussoit quand la petite venoit pour l'embrasser. Cette bizarrerie aigrissoit l'esprit de l'enfant et chagri-

noit son père, qui se voyoit contrarié dans la marche qu'il vouloit suivre pour l'éducation de sa fille.

Cet homme bon, mais faible, renferma son chagrin en lui-
même. Les peines qu'il éprouvoit, jointes à des malheurs impré-
vus, abrégèrent ses jours : il mourut à la fleur de son âge, et sa
femme le suivit de près. Elle laissa Lucile, âgée de dix ans, avec
un petit garçon de dix-huit mois.

Pour tout héritage, Lucile eut quelques vieux meubles, et
une petite chaumière située sur la lisière d'un bois. Lucile se
retira dans cet asile sauvage avec son petit frère. Les malheureux n'ont, hélas ! ni parens, ni amis ; elle se vit absolument dé-
laissée, et fut bientôt en proie à la plus affreuse indigence. Quelques laboureurs la demandèrent cependant pour garder leurs
troupeaux ; mais elle les refusa, résolue de tout souffrir plutôt
que d'abandonner son petit frère qui demandoit ses soins.

Cependant il falloit avoir du pain, et donner à manger à ce
pauvre petit qui ne parloit pas encore. Lucile vendit ses meubles ; avec cet argent, elle acheta du lin et du coton ; elle fit des
bas et les vendit. L'habitude du travail lui fut d'un grand secours
dans sa misère : elle filoit, cousoit et tricotoit tour à tour.
Comme elle étoit aussi vigilante qu'habile, elle pourvut ainsi à
ses besoins, et conserva sa liberté.

La vertu commande l'estime des hommes. Une jeune fille
de dix ans, vivant seule dans une pauvre cabane, se suffisant à
elle-même, et soignant son frère en bas âge, comme si elle eût
été sa mère, étoit un spectacle rare et attendrissant ; aussi on
accouroit des cantons voisins pour la voir, et l'on s'empressoit
de lui apporter de l'ouvrage. Les mères surtout se faisoient un
plaisir et un devoir d'y conduire leurs enfans.

En peu de temps, Lucile recueillit le fruit de ses peines ;
l'aisance régna dans sa petite chaumière ; elle se vit même en

état de prendre une bonne vieille pour faire le ménage et soigner son frère, tandis qu'elle alloit porter son ouvrage dans les hameaux voisins.

Lucile couloit des jours heureux dans la paix et dans l'innocence ; rien n'eût manqué à son bonheur, si elle avoit eu son père et sa mère. Cette jeune personne étoit d'une force et d'une taille bien au-dessus de son âge, et sa beauté égaloit les qualités de son cœur.

Une dame de la ville voisine, ayant entendu parler de Lucile, désira la voir ; après s'être assurée que tout le bien qu'elle en avoit entendu dire étoit véritable, elle lui fit proposer de venir demeurer dans sa maison, promettant que si Lucile continuoit à se conduire comme auparavant, elle aurait soin de sa fortune. Effectivement, au bout de trois ans, cette dame, qui n'avoit point d'enfans, et qui étoit fort riche, adopta notre orpheline, qui par-là se vit récompensée de sa bonne conduite, et par suite en état d'assurer une fortune honnête à son frère dont elle n'avoit pas cessé de prendre soin. Lucile avoit disposé de sa poupée, à la mort de sa mère ; madame de Vertingen l'avoit achetée pour Angelina, sa petite fille.

Angelina, septième maîtresse de Zozo.

Dès les premières années d'Angelina, on jugea qu'elle auroit beaucoup d'esprit ; sa maman en étoit enchantée, elle voulut l'élever elle-même.

La tendresse excessive de madame de Vertingen nuisoit beaucoup à sa fille : en allant au-devant de ses moindres désirs, en cédant aveuglément à toutes ses volontés, elle la rendoit exigeante, capricieuse, colère, et lui préparait des peines pour l'avenir.

Un ami de M. de Vertingen essaya de donner quelques avis à cette mère trop faible : « Madame, lui dit-il un jour, permettez-moi de vous parler avec franchise ; vous n'avez pas encore élevé d'enfant ; je crains fort que vous ne perdiez la vôtre, faute de connoître la manière de la gouverner : vous devez l'élever pour les autres, et l'on seroit tenté de croire que vous ne l'élevez que pour vous-même. » Madame de Vertingen reçut fort bien ce reproche amical ; elle promit d'en profiter, mais elle l'oublia bientôt, et continua à gâter sa fille.

Angelina croissoit cependant à vue d'œil : son teint étoit vermeil comme la rose, l'esprit pétilloit dans ses yeux, sa figure pleine de grâce et d'expression plaisoit à tout le monde, et son heureux caractère ne demandoit qu'une main habile pour le plier à son avantage ; mais madame de Vertingen rioit de ses fautes, et lui cédoit en toute occasion. Quand un domestique différoit à satisfaire ses caprices, il étoit grondé, et l'on finissoit par le renvoyer.

Aussi Angelina faisoit mille sottises par jour : la moindre contrariété la mettoit dans une colère affreuse ; ses traits se décomposoient, et sa faible mère, craignant pour ses jours, se hâtoit de lui accorder tout ce qu'elle vouloit. Sûre ainsi de se faire obéir, Angelina se mutinoit pour rien, et devenoit insupportable.

Cette petite fille si gâtée montoit sur les fauteuils, se rouloit à terre, alloit partout sans guide, gâtait les meubles, déchiroit ses vêtemens, brisoit tous ses joujoux et jamais on ne la grondoit.

Un jour elle prit un couteau pour aller dans le jardin couper une branche d'arbre, le pied lui glissa, et elle se blessa grièvement à la cuisse. La gouvernante que sa mère avoit mise auprès d'elle n'étoit point écoutée ; lorsqu'elle lui faisoit des représentations, l'enfant mutin répondoit : « Il faut bien que je m'amuse ; maman veut que je fasse de l'exercice. »

Il arriva plusieurs aventures fâcheuses à l'indocile Angelina. Un jour elle voulut attraper un petit poisson rouge ; s'étant penchée sur le bord du bassin, elle tomba dans l'eau. Le jardinier de la maison, qui heureusement se trouvoit de ce côté, la retint par ses jupons, et lui sauva la vie, mais elle fut sérieusement malade.

Il falloit plus d'un exemple pour corriger un enfant qui n'agissoit qu'à sa tête. Il prit fantaisie à Angelina de faire griller des escargots. Elle prit furtivement un réchaud de braise, et l'ayant allumé dans un coin, en soufflant avec sa bouche un charbon tomba sur sa robe ; en moins d'une minute elle eut les jambes, les cuisses, les bras, et même le visage, entièrement brûlés : elle fut plus d'un mois à guérir, et souffrit des douleurs inexprimables ; encore fut-elle tout à fait défigurée. Angelina étoit déjà grande qu'elle ne savoit encore rien : sa mère craignoit de la fatiguer. Aussi quand elle voulut lui donner des maîtres, la petite, incapable d'application, s'ennuya à mourir ; elle ne prit goût à rien ; et au bout de plusieurs années, après avoir fait dépenser beaucoup d'argent à son père et à sa mère, Angelina n'eut qu'une légère teinture des arts qu'on avoit cherché à lui faire apprendre.

Madame de Vertingen avoit commencé d'abord par lui donner un maître de musique et un maître de danse. Angelina, qui étoit vive et gaie, dansoit avec plaisir ; mais son maître de musique étoit souvent renvoyé, sous prétexte d'un mal de tête, d'une colique, ou de quelqu'autre indisposition. Si sa mère exigeoit qu'elle prît sa leçon, Angelina prenoit de l'humeur ; elle se mettoit au piano de mauvaise grâce, bailloit, faisoit des fautes sans nombre, et finissoit par lasser la patience du maître le plus complaisant.

Comme Angelina ne savoit point s'occuper, et qu'il faut passer le temps à quelque chose, elle se levoit tard, changeoit dix fois de robe dans une matinée, avoit cent caprices, mangeoit toutes sortes de friandises, tourmentoit le chat, agaçoit le chien, commandoit avec hauteur à sa femme de chambre, et faisoit gronder les domestiques dont elle dérangeoit le service pour ses fantaisies.

Sa mère, moins fâchée de la voir dure, capricieuse, ignorante, coquette et impertinente, que de reconnoître son peu de disposition pour les arts d'agrément, lui faisoit quelquefois des reproches : « Que voulez vous devenir, ma fille ? lui disoit-elle. Vous ne saurez ni musique, ni danse, ni dessin ; vous passerez dans le monde pour une demoiselle sans éducation, et personne ne vous regardera. » Elle eût mieux fait de lui dire : Comment écrirez-vous une lettre ne sachant pas l'orthographe ? Quelle sera votre conversation avec les personnes instruites, n'ayant aucune connoissance de la géographie, de l'histoire, et des sciences en général ? Qui voudra vous servir, si vous êtes exigeante et capricieuse ? Qui voudra vivre avec vous, si vous ne voulez point vous occuper des autres, et que vous rapportiez tout à vous-même ? Mais madame de Vertingen n'avoit pas l'esprit assez solide pour faire ces réflexions.

Les choses étoient en cet état, lorsqu'un événement malheureux força le père et la mère d'Angelina à quitter la France. Ils abandonnèrent leur bien pour sauver leur vie. Ayant rassemblé à la hâte leur argent et leurs bijoux, ils allèrent en Allemagne attendre un temps plus heureux.

Quand on est hors de son pays, on dépense beaucoup. Leurs fonds furent bientôt épuisés ; ils éprouvèrent les horreurs de l'indigence, d'autant plus que ni la mère ni la fille ne pouvoient s'aider du travail de leurs mains.

M. de Vertingen étant mort, leur situation devint véritablement déplorable... C'est alors que la mère d'Angelina ouvrit les yeux pour voir les torts qu'elle avoit à se reprocher sur l'éducation de sa fille !... Cette jeune personne, extrêmement laide, depuis l'accident qui lui étoit arrivé par sa faute dans son enfance, ne savoit pas seulement enfiler une aiguille !... Qu'alloit-elle devenir !... Ces tristes réflexions, jointes à la misère, mirent en peu de temps cette mère infortunée au tombeau !... Angelina, sans aucune ressource, fut obligée, pour ne pas mourir de faim, de se mettre en service chez un vigneron du pays où elle étoit.

Tu vois, ma bonne amie, dit en finissant madame Belmont à sa fille, combien il est nécessaire d'apprendre de bonne heure à lire, à écrire, et à travailler. La fortune peut se perdre, mais une bonne et sage éducation est un trésor qui ne manque jamais. Tu n'aimes sûrement point Angelina ; elle n'est pas aimable non plus ; mais ses fautes seront pour toi une leçon utile ; tu éviteras, je l'espère, de te conduire comme elle. – Je le crois bien, dit Mimi ; maman ne ressemble pas à madame de Vertingen. Madame Belmont embrassa sa fille, et après quelques autres réflexions, elle reprit son récit.

Le sort de Zozo, continua cette dame, n'avoit pas été trop heureux avec la volontaire et capricieuse Angelina. Lorsque M. et madame de Vertingen quittèrent la France, la belle poupée était dans un état pitoyable ! Elle resta entre les mains de la gouvernante d'Angelina, qui, étant entrée au service d'une dame, lui en fit présent.

Zozo fut encore une fois réparée ; on l'habilla richement, et la dame qui en étoit devenue propriétaire en fit cadeau à la fille d'une de ses amies. C'est cette petite fille qui va faire le sujet de notre entretien.

Louisa, huitième maîtresse de Zozo.

Madame de P... reçut Zozo avec plaisir. Elle pria son amie de n'en point parler à Louisa, sa fille, à qui la poupée étoit destinée. Je veux, dit-elle, que ce beau présent corrige ma fille d'un grand défaut, et lui serve en même-temps de récompense.

Madame de P... ayant ainsi prévenu son amie, plaça Zozo dans une grande corbeille de jonc, couverte de taffetas couleur de rose, noué avec de la faveur. Elle mit cette corbeille dans sa chambre à coucher, sur une commode, et la ferma aux deux bouts, avec une bande de papier cacheté.

Lorsque Louisa vit cette grande corbeille, elle fit mille questions, sur ce qu'elle contenoit. Tous les domestiques, qui avoient le mot, s'accordoient à lui répondre qu'ils n'en savoient rien. Louisa étoit fort embarrassée ; car elle n'osoit point faire de questions à, sa mère, parce qu'elle lui avoit dit plusieurs fois que rien n'étoit plus impoli.

La pauvre enfant étoit à la torture, d'autant plus que la curiosité étoit son défaut dominant. Madame de P... lui dit un jour : Écoute, Louisa, tu ouvriras toi-même la corbeille mystérieuse dans trois mois, si, d'ici à ce temps, tu te corriges de ton excessive curiosité. Pendant trois mois, je tiendrai une note exacte des fautes qu'elle te fera commettre ; à cette époque je te montrerai mon livre, et tu seras jugée d'après cette lecture. – Trois mois, maman, c'est bien long ! – Ma fille, il n'en faut pas moins pour t'habituer à veiller sur toi-même ; d'ailleurs l'arrêt est prononcé : dans trois mois, à pareil jour, tu ouvriras la corbeille, ou bien elle disparaîtra pour toujours de devant tes yeux. – Sans que je sache ce qui est dedans ? – Sans que tu saches ce qui est dedans ! Tu le sauras dans la suite, mais ce sera pour te donner des regrets de ne pas avoir su vaincre ton funeste penchant.

Trois mois d'épreuves étoient en effet bien longs pour une petite fille aussi curieuse que Louisa, qui n'avoit jamais su se contraindre. Dans tous les temps on l'avoit vue donner des preuves de la plus mauvaise éducation, en cherchant à satisfaire sa curiosité. C'étoit un tiroir qu'elle ouvroit, pour regarder ce qu'il y avoit dedans, même chez les étrangers ; un sac qu'elle vidoit, un paquet qu'elle développoit. Un panier couvert, quel qu'il fût, lui donnoit le désir de savoir ce qu'il contenoit. Aucune boîte, aucun coffre n'échappoit à ses recherches. Jusqu'alors les représentations, les remontrances de madame P... n'avoient pu la corriger de ce défaut, qui devenoit chaque jour plus choquant par les inconséquences qu'il lui faisoit commettre. Quelquefois même il avoit des suites fâcheuses ; car Louisa ne bornoit pas sa curiosité à voir, elle vouloit aussi entendre, et découvroit les secrets qu'on auroit voulu lui cacher. Elle écoutoit aux portes pour savoir les affaires des personnes avec qui elle vivoit ; on s'en défioit comme d'un voleur ! Louisa se glissoit aussi partout pour satisfaire sa passion favorite. Quand on la prenoit sur le fait, elle en étoit quitte pour prier instamment qu'on ne le dît point à madame de P..., puis elle recommençoit au même instant.

Louisa étoit non seulement curieuse, mais elle étoit bavarde. Cependant madame de P..., qui haïssoit la médisance, lui fermoit la bouche lorsqu'elle vouloit lui conter ce qu'avoit fait un tel ou ce qu'une telle avoit dit ; mais la petite se dédommageoit de cette contrainte en causant avec les domestiques, à qui elle répétoit, à sa manière, tout ce qu'elle avoit entendu : de là provenoient des haines, des querelles interminables ; la paix étoit bannie de cette maison. Quand on venoit aux éclaircissemens, on citoit toujours Louisa comme le principal auteur de tout ce tapage.

Madame de P... avoit exigé de ses gens qu'ils renvoyassent honteusement sa fille, chaque fois qu'ils la trouveroient soit dans l'antichambre, soit dans quelque autre pièce de la maison où elle ne devoit pas être. De son côté, madame de P...ne négligeoit rien pour lui faire sentir le ridicule de sa conduite ; elle lui défendoit expressément de causer avec les domestiques, et la punissoit quand il étoit prouvé que ses rapports avoient fait de la peine à quelqu'un. Cette surveillance gênoit extrêmement

Louisa, et lui évitoit bien des sottises ; mais elle ne changeoit point son caractère, parce que cette petite ne faisoit aucun effort pour se corriger.

Madame de P... en fit la réflexion. C'est ce qui la porta à profiter de l'occasion qui se présentoit, pour essayer de détruire le vilain défaut de sa fille ; et certes elle ne pouvoit s'y prendre trop tôt : ce penchant des âmes vulgaires a causé plus de maux qu'on ne pense !...

Les trois mois d'épreuves commencèrent donc. Louisa se promit bien de ne commettre aucune faute qui l'empêchât de voir ce qu'il y avoit dans la corbeille. Malgré le désir qu'avoit cette enfant de ne rien faire qui la privât de la satisfaction qu'elle attendoit, elle s'oublioit cependant quelquefois ; mais sa gouvernante qui l'aimoit, l'avertissoit toujours au moment même, en lui rappelant *la corbeille*. Si, par exemple, Louisa touchoit à quelque chose qui ne lui appartenoit pas, et cherchoit à voir dans un ridicule, ou ailleurs, ce qu'il y avoit, sa gouvernante lui disoit : Mademoiselle, souvenez-vous de la corbeille ! Et Louisa retiroit sa main aussi vite que si elle se fût brûlée ; de manière que cette petite dut à sa bonne gouvernante de n'avoir pas succombé vingt fois à la tentation ; car l'habitude est une seconde nature. Pendant deux mois, Louisa se comporta si bien, que madame de P... n'écrivit rien qui méritât une censure sévère. Enchantée d'avoir réussi dans son projet, et s'apercevant par cet essai que sa fille n'étoit pas incorrigible, cette dame se proposa de la récompenser de ses efforts, en abrégeant le temps de son épreuve ; car c'étoit une véritable pénitence pour une enfant de ce caractère. Prenant donc Louisa par la main, sa mère la mena dans sa chambre : Voilà deux mois de passés, ma fille, lui dit cette dame, depuis que cette corbeille que tu vois est ici. Tu as tenu nos conventions autant que ton âge pouvoit te le permettre ; cela me fait espérer que, par la suite, tu éviteras les fautes où tu es tombée jusqu'ici. Je consens donc à abréger en ta faveur le temps que j'avois fixé ; tu peux ouvrir la corbeille, mais à une condition, c'est que, si tu es encore curieuse, rapporteuse et médisante, comme auparavant, je reprendrai ce qui est dedans, pour le donner à une autre petite fille plus sage que toi.

Louisa promit à sa maman tout ce qu'elle voulut ; elle sauta à son, col, et la remercia mille fois de son extrême bonté. Elle courut à la corbeille, dont elle fît bientôt voler les cachets ; mais que devint-elle à la vue de la belle poupée !... elle recula de surprise !... elle ne se possédoit pas de joie !... – Ah, maman ! qu'elle est belle ! s'écria-t-elle dans son ravissement ; comme elle est bien mise ! et puis, grande ! mais, c'est que nous sommes de la même taille !... Louisa étoit la plus heureuse personne du monde ! – Tu vois, ma bonne amie, lui dit sa maman, que tu es récompensée de tes efforts au-delà de tes espérances : travaille toujours à te perfectionner, et je te promets des surprises plus flatteuses encore : une mère est si heureuse quand sa fille se porte au bien !

Louisa devint extrêmement raisonnable ; elle donna toutes sortes de satisfaction à sa maman. Le temps étant venu de lui donner des maîtres, cette jeune personne renonça d'elle-même à sa poupée pour s'appliquer davantage. Madame de P... que je voyois alors me donna Zozo pour toi, ma fille ; mais tu étois si petite, que tu ne pouvois jouer encore avec des poupées. Je la serrai donc jusqu'à ce que tu eusses assez de raison pour t'en amuser sans la gâter.

Tu sais à présent, ma chère amie, l'histoire de Zozo. Quelque jour on joindra la tienne à celle des jeunes demoiselles à qui ta poupée a appartenu ; vois dans quelle classe tu désires être rangée ; si c'est parmi ses bonnes ou ses mauvaises maîtresses ! Ta conduite à venir en décidera : elle fera aussi le bonheur ou le malheur de ta mère.